Chère Lectrice,

Le coup de foudre, l'irrésistible séduction, ce sont des choses qui existent.
Vous découvrirez en lisant ce volume de la Série Désir l'émoi délicieux d'une passion vécue à deux.
Vous adorerez sa troublante sensualité.
Duo connaît bien l'amour. Avec la Série Désir, vous vivrez l'inoubliable.

Désir, la série haute passion,
six romans par mois.

VOUS NOUS ÉCRIVEZ...

Après une séparation, j'ai connu une période difficile et grâce à Duo, j'ai retrouvé le goût de rêver et d'être heureuse. Depuis, j'ai repris confiance. La vie m'a donné une autre chance et, au fond de mon cœur, je suis restée fidèle à Duo.

Sabine B. *Quimper*

Série Désir

JOSEPHINE CHARLTON

Belle à ravir

Duo

Les livres que votre cœur attend

Titre original : *Table For Two* (135)
© 1984, Josephine Charlton
Originally published by SILHOUETTE BOOKS,
division of Harlequin Enterprises Ltd,
Toronto, Canada

Traduction française de : Jeanne Arvor
© 1985, Éditions J'ai Lu
27, rue Cassette, 75006 Paris

1

L'aéroport international de Los Angeles semblait ravagé par un cataclysme. En fait, il subissait une cure de rajeunissement... Des structures nouvelles voyaient le jour, les anciennes étaient rénovées, les parcs de stationnement agrandis ; les passagers, dès leur descente d'avion, devaient traverser un labyrinthe de tunnels surréalistes construits à la hâte pour aller récupérer leurs bagages, ce qui créait d'interminables files d'attente trépignant d'impatience devant la lenteur des opérations. La chaleur étouffante, jointe au cri strident des scies et au vacarme des perforatrices, rendait l'atmosphère proprement infernale.

Cynthia Bainbridge se faufila entre deux hommes de stature imposante et réussit à saisir, deux secondes avant qu'elle ne soit hors de portée, une de ses valises sur la bande transporteuse. Elle la posa près de l'autre, légèrement plus petite, récupérée quinze minutes plus tôt, et chercha des yeux un porteur. Pas un uniforme en vue ! D'un air décidé, elle mit son sac en bandoulière, empoigna de la main gauche le bagage le plus léger, et, serrant sa serviette sous le même bras, la grosse valise à la main droite, se fraya péniblement un chemin à travers la foule grouillante qui se pressait vers la station de taxis.

Avant d'atteindre la sortie, elle tomba en arrêt devant une pancarte portant son nom, brandie par la femme la plus belle, la plus parfaite qu'elle ait jamais vue.

L'inconnue, d'une trentaine d'années environ était immense — un bon mètre quatre-vingts, puisqu'elle la dépassait d'une demi-tête — et les parfaites proportions de son corps faisaient d'elle une déesse antique, façonnée par quelque sculpteur de génie. Des yeux gris ardoise brillaient d'une lumière tranquille dans son visage d'un ovale sans défaut, aux pommettes saillantes. Simplement vêtue d'un pantalon kaki et d'une chemise assortie, elle portait des espadrilles, lesquelles, Cynthia le nota avec un brin de malveillance, la chaussaient d'un bon quarante... Perplexe et quelque peu méfiante, elle se dirigea vers elle.

— Bonjour. Je suis Cynthia Bainbridge. Et vous, qui êtes-vous ?

Les yeux gris se posèrent sur elle avec une lueur de soulagement.

— Oh ! vous voici. L'hôtel m'a envoyée vous chercher. Vous descendez bien à la Villa Rosa ? Laissez-moi vous aider, dit-elle en s'emparant de la grande valise.

— Mais qui êtes-vous enfin ? insista Cynthia, sur la défensive.

— Aucune importance, fit la femme en souriant. Je suis venue conduire un client à l'aéroport et la direction m'a demandé de...

— Vous voulez dire que vous êtes chauffeur de taxi ?

Un sourire amusé éclaira le beau visage.

— Tous les chauffeurs sont censés être des hommes, n'est-ce pas ?

Avec un haussement d'épaules, elle souleva la valise et précéda la jeune femme jusqu'à la voiture — un taxi de la compagnie Red Line — stationnée non loin de là.

— Si cela ne vous ennuie pas, nous partons tout de suite, déclara-t-elle. Il se fait tard et le trafic sera impossible à l'heure de pointe.

D'un mouvement à la fois efficace et élégant, elle ouvrit le coffre et y déposa les bagages de sa cliente qu'elle aida à s'installer à l'arrière.

— Dites-moi, comment l'hôtel a-t-il pu connaître le numéro de mon vol ? demanda celle-ci.

Une lueur d'appréhension passa sur le visage de la conductrice qui s'installait au volant.

— Ça, ce n'est pas mon rayon, dit-elle. On m'a simplement demandé de venir vous prendre. Je suppose que quelqu'un s'est renseigné auprès de la compagnie aérienne.

— Ou a téléphoné à mon bureau. Tout de même, je trouve surprenant d'avoir pris cette peine pour une seule personne... Il est vrai que nous sommes ici en Californie, paradis du muscle et du bronzage, des aliments de santé, des célébrités... sans parler des chauffeurs de taxi qui ressemblent plus à des stars de cinéma que bien des vedettes elles-mêmes, ajouta-t-elle en enlevant le manteau dont elle avait dû se vêtir en quittant Washington le matin même. Désolée de vous avoir dévisagée aussi franchement.

— Cela n'a pas d'importance ; j'en ai l'habitude, répondit la belle géante en faisant un geste de la main. Je m'appelle Deana Charles. Soyez la bienvenue à Los Angeles.

Cynthia remonta la vitre pour ne pas entendre le dissonant concert des bétonnières, bulldozers et autres engins qui encombraient l'aéroport.

— A la Villa Rosa, dit-elle, et ne ménagez pas les chevaux !

— Vous vous apercevrez très vite que je ne ménage rien ni personne, répondit en riant Deana qui fonça sauvagement dans une file compacte de véhicules en dépit des coups de Klaxon affolés des autres conducteurs.

Cynthia repoussa une mèche de cheveux de son front et s'entrevit dans le rétroviseur; une abondante chevelure auburn, un teint d'albâtre, de grands yeux verts, des lèvres généreuses, quelques petites taches de rousseur sur l'arête d'un nez droit, délicat. Etait-elle belle? Inconsciemment, ses yeux se posèrent sur Deana Charles, sur ce visage magnifique que dégageaient d'épais cheveux très blonds ramassés en queue de cheval à la base d'un cou de cygne. Non, se dit-elle, en regardant à nouveau le miroir avec une petite pointe d'envie, pas parfaite, mais assez séduisante pour attirer et retenir les regards en dépit de ses trente et un ans.

Elle consulta sa montre; il était trois heures et demie. Quarante-cinq minutes de trajet, soixante minutes pour s'inscrire sur le registre de l'hôtel, défaire ses valises et prendre un bain. Et puis au travail !

Par où commencer ? Ses doigts pianotèrent sur la serviette contenant les notes de ses précédents voyages et des suggestions d'amis et de lecteurs sur les nouveaux établissements hôteliers à explorer. Il fallait s'organiser rapidement, décider de ceux, déjà connus, à ignorer pour cette fois et des autres, nouvellement ouverts, qui paraissaient dignes d'intérêt. Il lui faudrait, comme de coutume, susciter les confidences des membres du personnel et des clients en se faisant passer pour étrangère à la ville. Une fois son plan de travail définitivement arrêté, elle réserverait une table dans un restaurant différent à chaque repas et, entre-temps, s'occuperait des hôtels.

Cette fois, son programme lui parut accablant. Il ne s'agissait pas d'une banale tournée de chronique touristique, mais bel et bien de sept jours de travaux forcés à Los Angeles et sept autres à San Francisco. Appuyée contre la vitre, elle se demanda à nouveau ce qui avait bien pu motiver la décision de Josh...

— Les affaires, ma chère, uniquement les affaires, avait-il déclaré. Cela n'a rien à voir avec vous.

Assis à son bureau Directoire dans l'immense pièce surchargée d'antiquités, au dernier étage de l'immeuble du *Washington Times-Herald,* Joshua Tremaine, directeur du journal, soulignait ses propos d'un geste éloquent.

Entre deux âges, d'un blond roux, il était impeccablement vêtu : complet gris, chemise blanche, cravate de soie lie de vin nouée à la perfection. Cynthia, assise en face de son bureau, résistait difficilement à l'envie de lui tordre le cou. Son patron ne ressemblait en rien au directeur de journal hirsute et braillard, grand amateur de cigares, les manches retroussées, agité comme une guêpe, qu'aiment à dépeindre films et romans. Depuis huit ans qu'elle le connaissait, jamais elle ne l'avait vu enlever son veston pour se mettre à l'aise, même dans l'intimité climatisée de son sanctuaire.

— Comme vous le savez, nous traversons une période de récession, avait-il continué. Les tirages sont en baisse, les revenus provenant de la publicité diminuent constamment depuis les six derniers mois ; je ne peux donc vous autoriser à suivre votre itinéraire ni votre rythme habituel. C'est aussi simple que ça.

— Je comprends parfaitement vos problèmes. J'ai, moi aussi, des factures à payer comme tout le monde. Mais mes lecteurs, eux, continuent à parcourir le pays et, où qu'ils aillent sur le territoire des Etats-Unis, ils comptent sur mes papiers...

9

— ... pour leur fournir des appréciations sur les différents hôtels et restaurants, avait-il terminé d'un ton sec. Inutile d'insister, puisque c'est moi qui ai eu l'idée de remplacer les sinistres billets touristiques, cette littérature éculée, par vos piquants articles sur l'hôtellerie américaine, d'un bout à l'autre du pays. Série d'articles que vous signez « Bon voyage » afin de préserver votre incognito !

Et il avait à nouveau enfourché son dada ! Les lèvres pincées, Cynthia laissait errer son regard sur les portraits de famille qui ornaient les murs du bureau, plusieurs générations de Tremaine aux visages austères, rappelant étrangement celui, hautain et arrogant, du dernier de la lignée qui se trouvait devant elle. Depuis plus de cent ans, nous sommes les maîtres du *Times-Herald*, semblaient-ils dire. Ce journal est notre intime propriété. Etrangers, provocateurs ou novateurs, dehors !

Elle secoua la tête pour échapper à leur pouvoir et évoqua sa propre galerie d'ancêtres, parfaitement semblables à ceux-ci, auprès de laquelle elle avait grandi... Douairières au port royal, la gorge couverte de dentelle, et grands-pères sévères, aux énormes moustaches, qui semblaient encore surveiller le comportement de leurs descendants du haut des murs du grand salon des Bainbridge. Où peuvent-ils être, ces portraits, maintenant ? se demanda-t-elle. Ils avaient été ignominieusement enlevés de leurs murs d'origine et dispersés aux enchères. Qui, aujourd'hui, contemplait leurs visages humiliés ? Ce souvenir la fit rougir de colère et de honte et raviva son agressivité professionnelle. Le menton fièrement levé, elle répondit d'un regard froid au discours de Josh qu'elle connaissait trop bien pour ne pas se tenir sur ses gardes. Elle savait que, derrière son air nonchalant, se dissimulait un serpent prêt à frapper à la moindre provocation, au plus léger empiètement sur son autorité.

— Vous savez bien entendu que, cette semaine, trois autres quotidiens feront paraître ma colonne dans leur édition du dimanche, avança-t-elle, sur la défensive.

— Mes félicitations !

Ses lèvres minces ébauchèrent un vague sourire et, appuyé contre le dossier de son siège, il lui lança un regard ambigu.

— Vous avez fait du chemin, ma chère ! Qui aurait pensé que la timide jeune fille soucieuse de restaurer l'honneur terni de sa famille deviendrait, sous ma tutelle attentive, une jeune femme pleine de talent ?

— Vous m'avez donné la possibilité de m'affirmer, convint-elle, et vos conseils m'ont toujours été précieux. Je vous en suis reconnaissante et vous le savez. Où voulez-vous en venir ?

— Eh bien ! je suis simplement surpris, ma chère, avait-il continué en la fixant d'un regard lourd. Vous vous dites reconnaissante, mais m'en donnez-vous la preuve ? Que je sache, je n'ai jamais obtenu l'ombre d'un... remerciement pour mon patronage plus que généreux.

— Cent quatre-vingt-sept journaux paient une redevance au *Times-Herald* pour pouvoir publier les articles de Bon Voyage, mes articles. Du travail pour moi, des bénéfices pour vous. Puisque vous éprouvez en ce moment quelques difficultés financières, je pense que cela vous est d'un grand réconfort.

Il s'était levé lentement, avait tourné autour d'elle comme un oiseau de proie, les yeux fixés sur les douces courbes de son corps.

— Ce n'est pas exactement ce que je voulais dire, dit-il enfin, en posant une main de propriétaire sur son épaule.

— Non ! Pas ça ! avait-elle répliqué. Nous en avons déjà suffisamment parlé et je croyais la question réglée.

Elle essaya de se dégager de son étreinte mais celle-ci la cloua sur sa chaise.

— Vous êtes un homme marié, Joshua... Je ne mêle pas le travail et le plaisir, Joshua, avait-il psalmodié en imitant l'attitude de la jeune fille. Des excuses, Cynthia, de pitoyables excuses.

— Des faits, Josh. Vous avez une femme, des enfants. Vous me comprenez parfaitement. Nous n'avons rien à cacher et c'est très bien ainsi.

— Voulez-vous savoir ce que je pense ? dit-il en se penchant vers elle. Vous êtes une femme glaciale, impossible à émouvoir, incapable de concevoir des désirs normaux.

— Comment osez-vous dire cela ! s'exclama-t-elle, choquée, en se libérant de lui.

Elle courut jusqu'aux fenêtres en ogive qui donnaient sur la Seizième Rue. La neige commençait à tomber sur Washington et, de ce dernier étage, elle pouvait voir les flocons recouvrir petit à petit le gazon bien entretenu de la Maison Blanche, à quelques blocs de là, dans Pennsylvania Avenue.

Quelle canaille ! Peu importe l'argent que je lui fais gagner, pensa-t-elle, furieuse. A ses yeux, je resterai toujours la gamine empotée qui, une fois sortie de l'ombre par la faveur du brillant et magnanime Joshua Tremaine, a eu l'insolente ingratitude de refuser le partager le lit de son bienfaiteur !

— Et je ne parle pas simplement de votre manque d'intérêt à mon égard, insistait-il. Voyez les choses en face. Vous êtes une jolie femme qui vit seule... Pas de mari, pas d'amant... Une conclusion s'impose. Vous, la célèbre Bon Voyage qui vantez tant les plaisirs d'ici-bas, vous êtes un bloc de glace !

Surtout, ne pas pleurer... Peu importe ce qu'il dirait, il ne fallait pas donner à cette vipère le plaisir de savoir que le venin avait fusé en plein cœur, la ravageant de douleur.

— Je suis quelqu'un d'on ne peut plus normal,

répliqua-t-elle d'un ton froid, quelqu'un de très occupé... Une femme qui travaille, vous connaissez ? J'ai consacré à mon métier ces huit dernières années, six, parfois sept jours par semaine. De voyage en voyage... Je n'ai pas de temps à gaspiller en folles aventures sentimentales.

— Les vraies femmes le trouvent, ce temps, dit-il en ricanant. Les vraies femmes ne vivent pas sans homme...

— Pourrions-nous revenir à des sujets plus directement journalistiques ? l'interrompit-elle d'une voix atone. Vous m'avez donné quatorze jours pour évaluer la qualité des hôtels et restaurants de la côte ouest. Je n'y suis pas allée depuis trois ans ! Il m'en faudrait le double.

— Vous êtes une professionnelle, chère amie. Six, sept jours par semaine durant les huit dernières années, comme vous venez de le dire. Trichez donc un peu, que diable ! Si vous ne pouvez aller partout, utilisez vos anciennes notes. Supprimez un mot ici, ajouter un paragraphe là...

— C'est impossible et vous le savez, répliqua-t-elle, cassante. Les restaurants et les hôtels changent souvent de propriétaires. Une nouvelle direction, un chef différent et tout se modifie pour le meilleur ou pour le pire ; comment le savoir sinon en y allant réellement ? Ma réputation est en jeu et, si tant de lecteurs me font confiance, c'est parce qu'ils savent mes renseignements de première main.

— Comme toujours, vos arguments sont irréfutables, soupira-t-il. Malheureusement, tant que le taux de bénéfices ne sera pas satisfaisant, tous les services sans exception devront faire des économies. Deux semaines, pas un jour de plus.

L'interphone sonna brusquement ; il l'interrompit d'un doigt impatient.

— Sara, je me souviens vous avoir demandé de ne pas me déranger, jeta-t-il à sa secrétaire.

— Je sais, monsieur Tremaine, mais votre femme vient de téléphoner. Vous pourrez aller directement au cocktail du sénateur Barry où vous la retrouverez. Et puis, Bridget est ici. Vous m'avez dit de vous prévenir quand elle arriverait.

— Bridget ? Bridget qui ? avait-il répété en fronçant les sourcils.

— Du service de la recherche. La jeune fille à laquelle vous avez confié ce reportage sur la nouvelle cuisine en Amérique.

— Ah ! oui ! Faites-la donc entrer.

— La nouvelle cuisine aux Etats-Unis ! Qu'est-ce que cela veut dire ? s'exclama Cynthia, scandalisée, en le regardant d'un air de défi. Essayez-vous de m'éliminer ?

— Une concurrence amicale mettra en relief ce qu'il y a de meilleur en chacune de vous, répondit-il avec une sourire parfaitement hypocrite. N'est-ce pas votre avis ?

— Cela ne marchera pas avec moi. Vous n'ignorez pas que je peux écrire pour n'importe quel journal de la ville ou même du comté ! Si vous pensez pouvoir m'écarter pour laisser la place à une collaboratrice plus malléable, vous faites erreur.

Joshua Tremaine joignit les mains à la manière d'un prêtre sur le point de transmettre un message venu de l'au-delà.

— Contrôlez-vous, Bon Voyage. Ne vous laissez pas entraîner par vos émotions. L'insécurité peut exercer des ravages, savez-vous ? En ce moment, elle vous ronge littéralement.

— Monsieur Tremaine... ?

La porte du bureau s'ouvrit sur Bridget Halliday, une toute jeune fille de vingt ans, qui s'avança timidement.

— Oh ! mademoiselle Bainbridge !

Elle recula précipitamment.

— Je ne voulais pas interrompre... Excusez-moi...

Elle s'esquivait déjà quand la voix pateline de son directeur l'arrêta net.

— Mais non, entrez, ma jolie. Mlle Bainbridge et moi-même avions justement fini de bavarder. Voyez-vous, Bridget, votre aînée est un membre estimé de notre groupe depuis si longtemps qu'elle a complètement oublié qu'il existe des documents appelés contrats. Je lui rappelais justement qu'aux termes du sien elle est tenue de travailler pour nous durant deux ans encore... Maintenant, asseyez-vous, mon petit, et montrez-moi ce que vous avez fait de beau pour votre premier travail.

Les dents serrées, la tête haute, Cynthia se dirigea vers la porte.

— Au revoir, Bon Voyage, grinça Joshua Tremaine, désinvolte. Je suis certain que le beau temps vous remontera le moral et redonnera un peu de couleur à ces joues pâlies par huit harassantes années de travail !

La jeune femme regardait encore par la vitre quand le taxi arriva sur le boulevard La Cienega. Elle secoua tristement la tête en évoquant le visage d'anciens collègues, hommes et femmes hautement compétents, renvoyés du *Times-Herald* pour... incompatibilité d'humeur. Qu'elle s'était donc montrée naïve et stupide de l'avoir cru, quand Joshua lui expliquait qu'il s'agissait d'une question de survie, que l'homme, prédateur par instinct, dévorait inévitablement ses ennemis ! Le processus de sélection naturelle fonctionne comme dans la jungle, affirmait-il encore. L'échelle du succès ne peut être gravie que par de rares élus ; en conséquence, dévorez si vous ne voulez pas l'être !

Mensonges ! Rien dans son discours qui ne transpirât le mensonge ! La sélection naturelle n'avait rien à voir avec la concurrence au sein du *Times-*

Herald. Le tout-puissant Joshua Tremaine se situait au-delà des rivalités : il était le montreur de marionnettes qui tirait les ficelles, se délectait à exciter ses employés les uns contre les autres, comme des gladiateurs impuissants. Puis, tel un Néron au petit pied, il se dissimulait pour profiter du spectacle, applaudissant en silence aux manœuvres des plus souples, tandis que ceux qui se montraient assez audacieux pour braver son autorité étaient réduits à néant.

Elle le savait maintenant, tout comme elle réalisait brusquement que les tentatives de séduction de son patron, qu'elle considérait jusque-là comme un rite capricieux, un tribut symbolique qu'il exigeait de ses vassaux, étaient en vérité des mises en garde péremptoires. Seulement, son contrat la liait à lui pour deux années encore... Quelle forme prendrait la vengeance de Josh si elle continuait à refuser de lui céder ? La renverrait-il au service des chiens écrasés ou au tri des dépêches, tâches ingrates, d'ordinaire réservées aux débutants ? Un fait, pourtant, lui paraissait certain : la réduction du temps consacré à ses déplacements n'était que le début d'une série de vexations destinées à la mater. La situation était claire : ou elle acceptait d'être sa maîtresse ou elle devenait hors-la-loi !

— Avancez, nom d'un chien !

L'exclamation de Deana ramena la journaliste sur terre. Le taxi était bloqué dans la voie de droite derrière un luxueux petit bolide dont le moteur avait calé. Sur la file de gauche, un bus, dans l'impossibilité de s'arrêter au bord du trottoir, déversait ses passagers sur la chaussée.

— Allez ! Vous m'empêchez de passer ! cria Deana, faisant un geste impatient d'une main et klaxonnant de l'autre.

Cynthia sursauta. Dans l'état d'esprit où elle se trouvait, ce vacarme l'épouvantait, faisant vibrer chacun de ses nerfs.

— Arrêtez, je vous en prie, dit-elle. Je ne suis pas pressée ; nous n'avons pas besoin d'aller si vite.

— Au contraire, insista Deana.

Finalement, le bus démarra en haletant et elle fit faire une embardée à son taxi afin de se placer derrière lui, entrant presque en collision avec le véhicule qui le suivait.

— Attention ! cria Cynthia.

Elle avait connu des chauffeurs de taxi agressifs, mais Deana Charles remportait la palme !

— Je vous assure que je plaisantais quand je vous ai dit de ne pas ménager les chevaux. Je n'ai aucun engagement urgent. Tout ce qui importe, c'est d'arriver ce soir, en un seul morceau, si possible, à la Villa Rosa.

Pour toute réponse, la conductrice écrasa l'accélérateur et changea encore de voie pour dépasser le bus.

— Roulez-vous toujours aussi vite ? demanda Cynthia d'un air inquiet. Depuis quand conduisez-vous un taxi ?

Son regard se posa sur la licence du chauffeur... sa photographie. Tiens, il y avait là quelque chose de bizarre ! Elle examina de plus près le document et ses yeux s'élargirent. Même visage : pommettes hautes, yeux gris ardoise, mais les cheveux, plus sombres, étaient taillés très court. Un homme ! Son nom : Douglas A. Charles.

— Qui est Douglas A. Charles ? demanda-t-elle posément en essayant de cacher son trouble.

— Mon frère jumeau, répondit Deana d'un air indifférent. Douglas Andrew Charles.

— Comment se fait-il que vous conduisiez son taxi ?

— Je pense que cela ne vous regarde pas.

Cynthia, exaspérée par le mystère dont s'entourait la jeune fille aussi bien que par le chaos des véhicules hystériques qui la cernaient, s'écria :

— Comme vous voulez ! Seulement je vous préviens que si vous ne conduisez pas plus prudemment, j'en informerai la direction de la Red Line.

La voiture stoppa au carrefour de Sunset Boulevard où, elle s'en souvenait, on tournait à droite pour se rendre à la Villa Rosa... Or, son « chauffeur » vira à gauche.

Quelque chose n'allait pas... mais pas du tout !

— Vous vous êtes trompée de route, dit-elle d'une voix mal assurée.

— Absolument pas !

L'écriteau portant son nom, cet empressement à la faire entrer dans le taxi...

— Pourquoi m'attendiez-vous, Deana ? Comment avez-vous su que j'arrivais par ce vol ? Qui vous a demandé de venir me chercher ?

— Ne me posez pas de questions auxquelles je ne peux répondre.

— Où me conduisez-vous ? cria Cynthia, incapable de contrôler sa frayeur. Dites-le-moi tout de suite !

— Vous le saurez toujours assez tôt, se contenta de répondre l'athlétique beauté blonde qui arrêta le compteur et la radio. Je vous confierai simplement une chose, Bon Voyage. Vous venez d'être kidnappée !

2

Kidnappée ? La raison de Cynthia vacilla un instant. Un rapt ? C'était du dernier ridicule ! Elle ne comptait aucune relation à Los Angeles et nul ne l'y connaissait, ni sous son nom véritable, ni sous son pseudonyme de Bon Voyage. Excepté le personnel du *Times-Herald* et ses amis, personne ne pouvait l'identifier, en tout cas, certainement pas les propriétaires d'établissements qu'elle se proposait de tester ! Quels que fussent la date et l'objet de ses déplacements, elle s'en assurait. Cynthia Bainbridge était simplement une cliente comme les autres et procédait de façon discrète.

— Garçon ! puis-je vous demander quel genre de pommes le chef utilise pour sa tarte Tatin ? Voyez-vous, je suis moi-même assez bonne cuisinière ; j'aimerais le savoir... La variété Granny Smith ? Oh ! je vois... Cela ne vous ennuie pas si j'emporte le menu comme souvenir ?... Merci, vous êtes très aimable.

Ou encore, elle se prétendait parfois chargée de l'organisation d'une réunion pour des membres de sa société et demandait à visiter quelques chambres.

Pourquoi voudrait-on faire disparaître Bon Voyage ? Que s'était-il exactement passé depuis son arrivée à l'aéroport ? Un indice quelconque lui avait-il échappé qui aurait dû éveiller ses soupçons ?

Elle croisa les mains pour les empêcher de trembler et fixa le joli cou de Deana. On lui avait envoyé une femme pour endormir ses soupçons et elle avait mordu à l'hameçon !

Une sourde colère annihila soudain sa peur et son angoisse. Elle respira profondément et dit d'une voix claire et ferme :

— Je suppose que vous savez que je n'ai pas un sou et que je ne possède aucun secret. Si c'est de l'argent que vous voulez, vous vous êtes trompée d'adresse. Vous pouvez vérifier le contenu de ma serviette, ajouta-t-elle en posant celle-ci sur le siège avant. Elle ne contient ni plans, ni formules scientifiques, ni documents militaires ultra-secrets. Qui est derrière tout cela ? Que me veut-on ?

Le taxi rouge avait viré dans une rue latérale, très calme, du quartier ouest d'Hollywood, bordée de maisons coquettes et de jolies boutiques. Deana ralentit enfin pour adopter une allure normale.

— Nous arrivons dans une minute, annonça-t-elle, et vous comprendrez tout.

— Comprendre ? Ne savez-vous pas que le kidnapping est passible de la condamnation à vie ? Etes-vous prête à en supporter les conséquences ? Il est encore temps ; laissez-moi partir et vous ne serez pas impliquée dans l'affaire, je vous le jure. Je dirai à la police que l'on vous a obligée à être complice.

— Non, j'ai des ordres !

Sa voix ne tremblait pas mais Cynthia remarqua une infime crispation de ses mains sur le volant. Cette fille paraît agitée, distraite... il faut absolument exploiter ça, pensa-t-elle. Mais quand ? Comment ? Ses yeux se posèrent sur la poignée de la portière arrière. Je l'ouvrirai quand elle commencera à ralentir... pas maintenant, elle roule encore trop vite.

Deana prit un virage à la corde puis s'arrêta net. Abandonnant manteau et serviette, Cynthia ouvrit vivement la portière, sauta sur le trottoir et se mit à courir.

— Lucas ! hurla Deana. Arrêtez-la ! Elle s'en va !

Puis une autre voix, celle d'un homme, basse et irritée :

— Bon Dieu ! Deana... ne lui avez-vous pas dit...

Un bruit de course derrière elle. Il gagnait rapidement du terrain et la héla de nouveau.

— Cynthia, cria-t-il, arrêtez-vous ! Ne craignez rien !

Cette voix avait quelque chose de familier. Cette façon de prononcer son nom... Où l'avait-elle déjà entendue ?

Il était maintenant tout près d'elle.

— Pour l'amour de Dieu, Cynthia ! C'est moi ! Lucas ! C'est Roméo !

Roméo ! Tandis qu'elle continuait à courir, son esprit revint des années en arrière, à l'époque où la voix appartenait à un jeune garçon de son âge. Roméo et Juliette. Les amoureux immortels et mythiques, issus de l'imagination du grand Shakespeare. Roméo et Juliette, symboles universels de la passion, de l'amour au-delà de la séparation et de la mort... Mais Cynthia et Lucas, eux, avaient vraiment existé.

— Pourquoi m'appelles-tu Juliette, Lucas ?

— Parce que tu es comme elle, Cynthia, et je suis comme Roméo. Tu es celle que j'aime entre toutes et je suis censé ne pas t'approcher.

— Ce n'est pas vrai.

— Mais si !

21

— Je te prouverai le contraire. Quand nous serons grands, je t'épouserai ; je resterai avec toi toute la vie, même si mes parents refusent.

— Ça m'étonnerait !

— Mais si !

— Promis ?

— Promis !

Quand cette scène avait-elle eu lieu ? Il y a des siècles, disait son esprit... Hier, insistait son cœur.

— Cynthia ! cria-t-il encore, prêt à la rattraper.

Elle voulut s'arrêter, trébucha, faillit tomber. Des mains puissantes l'aidèrent à se redresser et, quand elle se retourna, elle se trouva devant un homme d'une trentaine d'années dont les cheveux très bruns grisonnaient légèrement aux tempes. Immense — un mètre quatre-vingt-dix au moins — les épaules larges et puissantes, il était vêtu d'un jean et d'une chemise blanche à col ouvert, aux manches roulées jusqu'aux coudes. Il la dévisageait de ses grands yeux noirs, à la fois inquiet et bouleversé.

— Vous ? haleta-t-elle.

Lucas Gallagher, à peine essoufflé, la prit tendrement dans ses bras.

— Je ne voulais pas vous effrayer, Juliette, mais c'était la seule façon de vous avoir ici.

La poitrine de Cynthia n'était qu'un immense et douloureux battement et, quand elle essaya de se dégager, ses genoux fléchirent et elle retomba contre lui, des larmes de soulagement et de colère dans les yeux.

— Deana était censée vous dire que vous ne couriez aucun danger, que c'était un enlèvement pour rire, murmura-t-il contre son oreille.

— Pour rire ! Mais j'ai cru mourir dans cette voiture ! cria-t-elle en le frappant du poing.

Ses coups ne semblaient pas avoir grand effet sur

lui, car il n'y porta aucune attention et resserra encore son étreinte.

— Un kidnapping ! Quelle diabolique...

— Je sais, je sais, coupa-t-il doucement en lui flattant doucement le dos pour la calmer. Mais je peux vous fournir une explication si vous voulez bien...

— Comment ! s'écria-t-elle. Un homme utilise une superbe géante — qui conduit comme une échappée d'asile, au cas où vous ne le sauriez pas — pour kidnapper une fille qu'il n'a pas vue depuis quatorze ans. Rien de méchant, bien sûr... simplement de la mise en scène à grand spectacle, pas vrai ? Cependant mon ange gardien, votre Deana, omet soigneusement de me révéler que tout ceci n'est qu'une plaisanterie... J'ai eu beau menacer, supplier, je me suis heurtée à un mur ! Et cela en traversant Los Angeles comme s'il s'agissait du rallye du siècle. Vous avez une explication à fournir à cela ?

— Eh bien ! dit-il en s'éclaircissant la gorge... Il y a trop de monde ici.

Elle regarda autour d'elle. Tout le long de l'avenue résidentielle, des curieux s'étaient mis à leur fenêtre ou sur le pas de leur porte.

— Faites-leur comprendre que vous allez bien, dit-il. Faites cela pour moi, je vous en prie.

— Pour vous tirer d'embarras ? Ce serait plutôt à vous de vous excuser, Lucas, rétorqua-t-elle froidement en rajustant le col de son corsage de soie crème.

— Je vois que vous n'avez pas changé, répondit-il d'un air faussement consterné. Sans pitié, comme toujours.

— Et vindicative, ajouta-t-elle d'une voix acerbe. Une lueur espiègle traversa son regard.

— Regardez ça, dit-il en souriant franchement, cette fois...

23

Il déclama soudain d'une voix forte, à l'intention des badauds :

— Ne vous tracassez pas, mesdames et messieurs ; nous sommes en train de répéter la scène d'un film. Voici ma vedette, ajouta-t-il en passant un bras autour des épaules de Cynthia. Une actrice de grande classe, n'est-ce pas ? Désolé de vous avoir dérangés. Allons-y, ma chérie.

Il la prit par la taille et ils s'éloignèrent des curieux satisfaits — ou peut-être un peu déçus — d'apprendre que tout ce remue-ménage faisait partie de la comédie hollywoodienne.

Comme ils descendaient la rue, elle remarqua son allure dégagée, son air vainqueur et satisfait, et cela l'exaspéra. Il la traitait comme un jouet dont le fonctionnement le ravissait, alors qu'il aurait dû être à ses genoux, la suppliant de ne pas appeler la police ! Croyait-il vraiment qu'il pouvait tout se permettre au nom de la vague tendresse qui les avait liés durant leur adolescence ? Un sentiment, même profond, pouvait-il résister à quatorze années de séparation ?

— Vous avez une minute pour vous expliquer, déclara-t-elle, comme ils arrivaient devant le taxi, après quoi j'espère bien être conduite à la Villa Rosa par quelqu'un de plus paisible que votre superbe amie.

— Très bien, admit-il d'une voix faussement contrite. Voici le motif du délit.

Il la précéda le long d'un sentier conduisant à un petit bungalow à un étage, de style californien. Une magnifique terrasse ombragée de treillis, accessible de l'intérieur par une série de portes à deux battants, courait sur trois des côtés de la maison. Des tables, encore inoccupées à cette heure de la journée, étaient couvertes de nappes blanches ; sur chacune d'elles un chandelier et un bouquet d'œillets de poète. Deux garçons d'une vingtaine d'années préparaient activement la salle pour le dîner.

— Puisque nous sommes au pays des stars, je l'appelle La Terrasse aux étoiles, dit-il doucement.

— La Terrasse aux étoiles, répéta-t-elle, intéressée.

La partie intérieure du restaurant, relativement exiguë, avait dû être conçue de façon à permettre d'agrandir la cuisine et ne contenait que quelques tables. Les clients devaient sans nul doute préférer la terrasse où un chauffage discret assurait une protection contre la fraîcheur de la nuit.

Du lierre et du jasmin montaient à l'assaut des colonnes tandis que des paniers débordants de pensées, de balsamines et de pétunias, étaient suspendus çà et là, formant un arc-en-ciel.

Un tel décor était un enchantement pour les yeux. Quelqu'un, doté d'un goût parfait, avait créé ici une oasis à la fois intime et élégante, un havre de conte de fées pour clients fatigués du toc et du faux-semblant d'Hollywood ; ici régnaient le naturel et la beauté vrais, issus de la nature. Cynthia était sous le charme.

— C'est à vous ? demanda-t-elle. La Terrasse aux étoiles est votre création ?

Il hocha la tête tandis qu'ils entraient dans une sorte d'antichambre meublée d'un bureau et séparée de la salle à manger par un paravent chinois. La serviette de la jeune femme était posée à terre et son manteau soigneusement plié sur une chaise.

— Vous comprenez maintenant ? demanda Lucas dont les yeux exprimaient la fierté et la jubilation.

— C'est magnifique, acquiesça-t-elle. Quand avez-vous ouvert ?

— Il y a quatre mois.

— C'est donc récent, fit-elle observer en souriant. Avec un cadre comme celui-ci, les affaires devraient marcher.

Les mains sur les hanches, il la regardait avec une sorte d'avidité.

— Je ne me plains pas, mais vous savez ce que c'est... L'ouverture d'un restaurant nécessite un gros apport de capitaux et un nouvel établissement ne se fait pas connaître du jour au lendemain. Un peu de publicité ne nous ferait pas de mal.

Elle commençait à comprendre. Ce n'était pas Cynthia Bainbridge, l'amie d'enfance perdue de vue depuis quatorze ans, que Lucas Gallagher voulait avoir à La Terrasse aux étoiles, mais Bon Voyage, Deana ne lui avait-elle pas annoncé : « Bon Voyage, vous avez été kidnappée » ?

— Comment saviez-vous que je suis Bon Voyage ?

— Nous venons d'une petite ville, dit-il, et quand une fille du pays réussit, elle fait la une de *La Gazette*.

— Vous ne vivez tout de même pas à New Hope depuis quatorze ans ! répondit-elle prudemment, se demandant s'il savait ce qui était arrivé à son père.

— Non, mais j'y ai encore des amis qui me tiennent au courant.

Elle le scruta du regard, mais il n'ajouta rien.

— Monsieur Gallagher ? appela l'un des deux garçons en restant à une distance respectueuse. La table de votre invitée est prête. Voulez-vous la voir ?

— Plus tard, Sandy, merci. Je crois que pour l'instant l'invitée d'honneur se demande encore si elle doit me faire jeter en prison, poursuivit-il avec un sourire amusé. En attendant, apportez-lui donc un vermouth cassis. Utilisez le vin importé et ne mettez pas trop de crème de cassis. Si l'on en juge par ses articles, Mlle Bainbridge préfère ses apéritifs secs.

— Pourquoi avez-vous fait cela, Lucas ? demanda-t-elle, une fois le garçon disparu. Vous savez que je travaille à Washington. Si vous vouliez que je vienne voir votre établissement, pourquoi n'avoir pas simplement écrit au *Times-Herald* pour m'inviter?

— C'est ce que j'ai fait.

— Ce n'est pas vrai! Je lis moi-même toute la correspondance adressée à Bon Voyage et rien n'est arrivé, ni de vous ni de La Terrasse aux étoiles.

— J'ai pourtant écrit deux fois. Et vous voulez savoir ce que vous m'avez répondu? J'ai reçu une carte postale m'informant que Bon Voyage ne pouvait répondre elle-même à tout le courrier, que ma lettre était bien arrivée à destination et que ma demande serait examinée aussitôt que possible. Est-ce ainsi que vous traitez les vieux amis?

— Au moins, je n'envoie pas des cinglés du volant les kidnapper! s'exclama-t-elle.

— Ainsi que je vous l'ai déjà dit, j'avais bien précisé à Deana de vous mettre au courant et de conduire aussi prudemment que possible. Sans doute a-t-elle été prise de panique.

— De toute façon, cette histoire est absurde. Je n'ai jamais rien reçu de vous et je n'ai rien à voir avec les cartes-réponses dont vous parlez. J'envoie toujours une lettre personnelle aux demandes qui me sont adressées.

— Venez!

Il la prit par le coude et la conduisit dans la salle à manger intérieure, une pièce rectangulaire basse et sombre, ornée d'une vraie cheminée de moellon, où les bûches n'attendaient que la flamme d'une allumette. Une douzaine de tables, à peine. On y retrouvait les tons verts et pêche qui prédominaient sur la terrasse.

— Attendez-moi ici, dit Lucas en lui offrant un siège. La carte se trouve dans mon bureau, je vais la chercher.

Ce n'est pas possible! se dit-elle en hochant la tête, confuse. Elle le regarda s'éloigner, grand, les épaules puissantes et les hanches minces; les souvenirs du passé lui revinrent en mémoire.

Elle retrouvait dans l'homme fait les traits flous du jeune garçon qu'elle avait connu jadis; nez aquilin, lèvres fermement dessinées, menton net, résolu. Son visage, loin d'être régulier, exprimait plutôt la force et la virilité. Le charme qui s'en dégageait valait largement sa beauté classique d'adolescent. Ses traits durcis, dégagés de l'enfance, et ses rides de sourire revêtaient l'autorité et la vive intelligence qui affleuraient à peine autrefois. Lucas... l'adolescent pétri de contrastes, tendre et charmeur, insolent, violent parfois... Elle ne reconnaissait dans l'homme d'aujourd'hui que ses yeux passionnés, sombres au point d'en paraître noirs, qui pouvaient fixer avec une intensité telle qu'il était impossible de leur échapper...

— Pourquoi pleures-tu, Cynthia ?
— A cause de maman.
— C'est au sujet de ton anniversaire ?
— Je ne veux pas en parler.
— Regarde-moi. Dis !
— Quand tu me regardes comme ça, j'ai l'impression que tu peux lire tous mes secrets.
— Ma mère est la cuisinière des Bainbridge et la tienne ne veut pas que j'aille à ta surprise-partie. C'est bien ça ?
— Oui, et ça me fait de la peine.
— Ce n'est pas ta faute. Garde quelques gâteaux et nous ferons notre surprise-partie à nous.
— Promis ?
— Promis !

En fait, il aurait été parfait à la surprise-partie ou à n'importe quelle réception organisée par sa snob de mère car, s'il n'était pas de bonne famille, Lucas Gallagher possédait une classe, une race innées qui se manifestaient par une désinvolture nullement forcée, une insolence à peine voilée face aux puissants de ce monde. Il n'avait rien à leur envier et

28

s'adressait à eux d'égal à égal. Même en jean, on l'aurait pris pour quelque aristocrate européen égaré dans le Nouveau Monde. Cependant, ses yeux appartenaient à d'infiniment moins respectables ancêtres... Un renégat peut-être... un fanatique, un pirate, ou encore un révolutionnaire... pourquoi pas un prince ?

Elle le vit prendre sur le plateau tendu par le garçon un verre à long pied, rempli d'un liquide rose, qu'il déposa devant elle d'un air satisfait en même temps qu'une carte postale.

Elle ignora le vermouth cassis et, mal à l'aise, examina la carte. Il avait cité le message concis, impersonnel, presque mot pour mot, négligeant seulement de préciser qu'il portait la marque d'un tampon encreur, et non sa signature manuscrite.

— Vous n'avez pas le téléphone non plus, fit Lucas en s'asseyant auprès d'elle.

— Bien sûr que si, mais mon numéro n'est pas dans l'annuaire.

— Ah ! oui ! c'est vrai. Les gens illustres doivent protéger leur vie privée... Comme je ne pouvais pas vous joindre chez vous pour vous dire ce que je pensais, j'ai appelé le *Times-Herald* hier, comme par hasard. Votre bureau m'a fait savoir que vous seriez absente toute la journée et que vous preniez l'avion pour la Californie ce matin. C'est alors que j'ai concocté mon petit plan. J'ai dressé la liste des heures d'arrivée des appareils venant de Washington, réussi à savoir où vous descendiez et décidé de vous kidnapper. Œil pour œil ! conclut-il en brandissant la carte postale.

— Je vous jure que je n'ai rien à voir avec cette carte, assura faiblement Cynthia.

Pris au dépourvu par son évidente détresse, il la regarda fixement et se pencha vers elle.

— Qui l'a envoyée, alors ? demanda-t-il comme elle ne répondait pas. Si ce n'est pas vous, qui est-ce ?

Joshua Tremaine! Ce ne pouvait être que lui puisque nul, excepté son patron, n'avait accès à son courrier. Mais pourquoi ? Le succès que remportait sa rubrique ne pouvait que lui apporter bénéfices et lecteurs supplémentaires... Saboter Bon Voyage représenterait pour lui une sorte de suicide et Josh, grand adorateur de lui-même, n'avait sûrement aucune envie de se torpiller.

Lucas attendait une réponse. Elle but une longue gorgée de son cocktail et s'appuya confortablement contre le dossier de son siège.

— Je crains qu'un membre du personnel du *Times-Herald* ne m'ait fait une mauvaise plaisanterie, dit-elle froidement. Il serait plus sage de l'oublier. Pour moi, comme pour vous.

Elle abandonna le sujet d'un mouvement impatient de la tête et regarda autour d'elle avec intérêt.

— Félicitations, Lucas. Votre décorateur a fait du bon travail. Si seulement les gens comprenaient que luxe n'est pas synonyme d'or, d'opulence et de velours frappé. De lustres de cristal et de maîtres d'hôtel plus victoriens que nature !

— Quand j'ai acheté cette maison, elle était inhabitée depuis six ans et en mauvais état. Il a fallu refaire la plomberie, le circuit électrique, le toit. La décoration a été la partie la plus facile car j'ai simplement suivi mon goût personnel.

— C'est vous qui êtes l'auteur de la décoration ?

— Si vous voulez dire que j'ai fait le travail moi-même, non. J'ai recruté la main-d'œuvre, mais seulement pour exécuter mes idées, jusque dans le moindre détail.

— Vraiment ?

— Le fait qu'un homme puisse avoir un certain goût sans pour cela être efféminé vous surprendrait-il ? Nous ne sommes pas tous des brutes, vous savez, dit-il en lui caressant doucement la main. J'avais prévu de vous offrir de dîner ici avec moi, poursuivit-il. Il est bientôt dix-sept heures et il va falloir que j'aille me changer. Alors, dîner ou pas dîner ? demanda-t-il en se levant. C'est à vous de décider.

Les yeux émeraude de la jeune femme se voilèrent de longs cils. Avait-elle vraiment le choix ? Après avoir réussi à la faire venir à La Terrasse aux étoiles, la laisserait-il partir sans obtenir ce qu'il voulait ? Voilà qui l'étonnerait ! En quatorze ans, Lucas Gallagher avait peut-être changé, son goût s'était affiné, mais, comme autrefois, il obtenait certainement toujours ce qu'il voulait.

Elle l'examina, essayant de déchiffrer ses pensées, mais le visage du jeune homme n'exprimait rien. D'accord, décida-t-elle, je jouerai le jeu. Elle se leva, prit son porte-documents et son manteau et, redressant les épaules, le regarda bien en face.

— Dîner avec vous est impossible... commença-t-elle posément.

Pendant un instant, il la dévisagea comme s'il avait essuyé un coup de feu. Ses yeux noirs flamboyèrent et sa bouche se pinça dangereusement.

— ... avant que je ne me sois rafraîchie et changée, continua-t-elle, satisfaite de l'effet produit. Vingt heures, si vous le voulez bien. Pouvons-nous partir, maintenant ?

— Voilà qui est sage, fit-il remarquer en la conduisant jusqu'à sa MG verte.

— Que voulez-vous dire, au juste ?

— Que si vous aviez refusé de dîner avec moi, je serais allé vous chercher au beau milieu de la nuit à la Villa Rosa et je vous aurais amenée ici par la peau du cou ; je vous aurais fiché un stylo en main et relâchée seulement après que vous auriez eu écrit jusqu'à la dernière ligne d'un article mirobolant sur mon restaurant !

Et Cynthia savait qu'il en aurait été capable !

3

A l'origine, la Villa Rosa appartenait à une
vedette du cinéma muet. Son nom lui venait des
nombreuses variétés de roses, qui cascadaient sur
le flanc des collines d'Hollywood, et de la couleur
chair de ses murs extérieurs. D'après les ragots de
la capitale du cinéma, cette maison pleine de coins
et de recoins, la mecque des magnats de la pelli-
cule, producteurs, réalisateurs et stars illustres
durant ses beaux jours, fut en son temps le théâtre
de fêtes orgiaques organisées par son propriétaire.
Le jeune couple avait acquis les lieux il y a
une dizaine d'années pour les transformer en hôtel,
respectant la structure extérieure et redonnant vie
à ses salles défraîchies où vibrait encore l'écho des
fêtes anciennes. On prétendait que des vedettes
fréquentaient toujours la Villa Rosa. Bien sûr, il ne
s'y déroulait plus d'orgies mais certaines stars à la
recherche d'un coin discret pour des rendez-vous
secrets s'y réfugiaient encore. Ainsi n'y avait-on
pas récemment surpris certain acteur grec, déjà
pourvu d'une charmante épouse, avec une blonde

voluptueuse ? Et la Rolls Silver Shadow du dernier détenteur d'un oscar — un tout jeune homme — n'avait-elle pas été aperçue, un certain petit matin, quittant le parc de stationnement et descendant Canyon Drive, précédant de peu la limousine rouge foncé d'une dame d'un certain âge de la haute société ?... Mais, bien sûr, il ne s'agissait que de rumeurs, la discrétion la plus absolue étant garantie dans ce palace dont les affaires étaient florissantes.

Dans la chambre trente et un, une vaste pièce d'angle, Cynthia était assise sur le lit à colonnes. Elle prit dans son sac un portefeuille dont elle sortit une photographie représentant deux adolescents surpris par l'objectif sur une terrasse garnie de meubles en osier et de plantes vertes. Le garçon tenait une jeune fille enlacée qui posait la tête au creux de son épaule. Roméo et Juliette. Cynthia regarda la photo d'un air attendri. L'expression déjà énergique du garçon, son menton résolu, ses yeux noirs et pénétrants, étaient tout ce qui restait du Lucas Gallagher de cette époque.

A la première sonnerie du téléphone, elle accourut. Roméo était revenu !

— Lucas ! s'exclama-t-elle gaiement. Ne vous installez pas en bas, j'arrive tout de suite.

— C'est très aimable à vous, ma chère, répondit une voix familière. Vous savez que je n'aime pas attendre.

— Josh ! Que diable désirez-vous à cette heure-ci ?

— Simplement m'assurer que vous êtes arrivée à bon port. Vous voyez, vous occupez toujours mes pensées...

La jeune femme savait parfaitement comment interpréter cette déclaration. Josh avait décidé de ne pas la lâcher d'un pouce et, même à distance, d'exercer sur elle une surveillance jalouse.

— Je suis majeure, Josh ; je n'ai pas besoin d'ange gardien, répondit-elle sèchement.

— Vraiment ? fit-il d'un air étonné. Mais alors, qui est donc ce Lucas ? Vous avez prononcé ce nom avec une telle ferveur ! Auriez-vous bénéficié d'une transfusion en cours de vol ? Aurait-on remplacé votre plasma fatigué par un sang neuf, fougueux ? Une Cynthia Bainbridge pleinement épanouie ! Extraordinaire, ma chère ; vous devez être aussi alléchante que les menus dont vous vantez les splendeurs !

Elle se tourna vers le miroir et ce qu'elle vit ne lui déplut pas. Ses cheveux brillants fraîchement lavés étaient retenus par deux peignes en nacre et son maquillage, aussi discret qu'invisible, était particulièrement réussi.

Elle prit une profonde inspiration et passa à l'attaque.

— N'est-ce pas vous qui justement parliez d'optimisme et de joues roses ? Quelle prédiction avisée ! En ce moment même, je suis l'expression terrienne et radieuse de Vénus. Dommage que vous ne soyez pas là pour assister à cette métamorphose !

— Bon sang ! Qui est cet homme ? demanda-t-il d'un ton impérieux.

— Un ami d'enfance que j'ai rencontré par hasard. Il vivait, comme moi, à New Hope.

— Où comptez-vous aller avec lui ?

— Dîner, évidemment. Je suis ici pour travailler, donc je travaille.

— Les affaires, je vois ! dit-il d'un ton sec.

— Il s'agit d'un nouveau restaurant qui semble promis à une pluie d'étoiles dans les meilleurs guides. Je vais faire ma petite enquête.

Elle se demanda si elle devait évoquer cette histoire de carte-réponse, quand ses yeux se posèrent à nouveau sur la photo qu'elle examinait avant son coup de téléphone. Lucas allait arriver d'un moment à l'autre, peut-être même était-il déjà en bas. L'affaire pouvait attendre. Tout pouvait attendre, sauf Lucas.

— Il faut vraiment que j'y aille, déclara-t-elle. J'ai fait réserver une table.

— Et le prince charmant s'impatiente dans son carrosse doré... Ah! l'amour. L'amour fait battre le pouls d'un homme, celui d'un homme âgé, ma jolie. La déesse de glace qui se dégèle! Cela doit valoir le déplacement. Que diriez-vous si...

— Non! l'interrompit-elle fermement, espérant régler la question une fois pour toutes. Vous et moi continuerons à entretenir les relations profession-nelles qui nous ont si bien réussi à tous deux.

— C'est bien ennuyeux. J'espérais entrevoir une faille dans vos vœux de vestale... Vous êtes toujours la grande prêtresse de la chasteté et de la vertu aveugle?

— Annabelle aimait beaucoup le sac que j'ai acheté lors de mon dernier séjour ici, dit-elle en passant sans transition à un autre sujet. Voulez-vous que j'en rapporte un pour elle?

— Je suis certain que mon épouse apprécierait votre geste, répondit-il d'un ton glacial, mais soyez prudente, Don Voyage... ne vous éloignez pas trop de moi. Les jeunes chiens frondeurs se retrouvent parfois tout seuls, égarés dans le froid. Sans maître...

— Je réfléchirai à cela pendant le repas, conclut-elle en raccrochant.

A peine une seconde plus tard, le téléphone sonna à nouveau. Cette fois, Cynthia ne parla que lorsque le demandeur eut donné son nom.

— Désolée de mon retard, mais j'ai eu un coup de fil de Washington, s'excusa-t-elle auprès de Lucas, qu'elle retrouva quelques minutes plus tard dans le vestibule.

Il portait avec élégance un costume gris foncé sur

35

une chemise blanche ornée d'une cravate bleu marine à pois.

— Rien d'ennuyeux, j'espère ? dit-il en effleurant sa joue de ses lèvres.

— Non, juste un petit détail à régler avec mon bureau.

— Je craignais que vous ne me fassiez attendre une éternité pour respecter la tradition. La plupart des femmes estiment que cela fait partie du jeu.

— Je ne suis pas comme elles, voilà tout, répondit-elle paisiblement, flattée du regard admiratif qu'il posait sur elle. En outre, j'ai terriblement faim.

— Je connais un charmant petit restaurant, dit-il en l'aidant à passer son étole. Hors des sentiers battus et très apprécié.

— Magnifique ! s'exclama-t-elle en riant tandis que bras dessus bras dessous, ils traversaient le hall de réception et sortaient dans la nuit parfumée.

Le dîner fut délicieux. Comme son décor, la cuisine de La Terrasse aux étoiles était simple, légère, savoureuse. Cynthia commença par un homard à l'américaine qu'elle fit suivre d'une poularde camarguaise fleurant bon le romarin.

— C'est un véritable délice ! s'exclama-t-elle, enthousiaste, en dégustant le poulet. Je n'ai jamais rien mangé de meilleur !

— Merci, dit-il avec un sourire radieux, en finissant sa sole en papillote. Je recherche la simplicité et j'exige avant tout des ingrédients frais, de très bonne qualité, parfaitement préparés. Ici nous ne faisons pas vraiment de la haute cuisine. Vous pouvez voir, d'après le menu, que nous n'offrons rien de sophistiqué. Ce que je veux apporter à mes clients, c'est une cuisine saine, au goût agréable, conclut-il en remplissant le verre de son invitée.

Ils étaient assis sur la terrasse, loin des allées et venues, mais en un endroit stratégique d'où ils pouvaient jeter un coup d'œil sur les clients qui semblaient heureux d'être là. Une odeur de jasmin et de chèvrefeuille, apportée par la brise de mer, embaumait...

— J'ignore quel but vous poursuiviez, mais vous avez réussi, dit-elle gaiement en buvant son vin, tout en regardant autour d'elle, séduite. C'est un véritable paradis !

— Souvenez-vous de cela quand vous écrirez votre article, répliqua-t-il.

— Oui, c'est vrai, c'est un repas d'affaires ; je l'avais presque oublié. Comment votre établissement a-t-il vu le jour ? Aviez-vous déjà travaillé dans la restauration ?

— J'ai appris le métier sur les genoux de ma mère, murmura-t-il d'un ton ironique. La famille Gallagher vivait dans les cuisines, vous vous en souvenez ?

— Je voulais parler de votre formation professionnelle, rectifia-t-elle.

— Il doit y avoir un diplôme de chef accroché quelque part, répondit-il d'un air désinvolte. Je m'y suis mis sérieusement après mon service militaire. Je suis resté deux ans à Paris, puis j'ai continué mon apprentissage sur la Côte d'Azur, une région qui ressemble un peu au sud de la Californie. Il y a des fruits, des légumes, des poissons et des crustacés en abondance et on y vit plus librement qu'au nord. Mes professeurs n'ont pas été particulièrement indulgents... Enfin ! leurs conseils et critiques ont dû porter leurs fruits, puisque les connaissances que j'ai acquises me permettent de vivre !

Il s'appuya contre le dossier de sa chaise et exhala le soupir satisfait d'un homme en paix avec lui-même et avec le monde.

— Un homme heureux, dit-elle à voix basse en le considérant avec un mélange d'admiration et d'envie. Un homme comblé !

— Comblé ? Non. Disons que certains domaines de ma vie sont plus richement vécus que d'autres.

Lesquels ? se demanda-t-elle en finissant son poulet. Depuis qu'ils avaient quitté la Villa Rosa, elle tentait de déchiffrer la double personnalité de Lucas Gallagher. L'un était son camarade de jeunesse, l'autre un homme mystérieux, magnétique, un inconnu séduisant qui faisait naître en elle d'étranges émotions.

— Vous n'êtes pas mariée, dit-il.

C'était une affirmation, pas une question. Lucas n'avait pas employé le ton méprisant qu'aurait utilisé Josh, mais elle n'en fut pas moins surprise. Comment connaissait-il son état de célibataire endurcie et pourquoi en parlait-il ?

— Pas encore, murmura-t-elle. Mon nom de plume, ma situation de famille... vous semblez connaître des tas de choses à mon sujet.

— N'en a-t-il pas toujours été ainsi ?

— Il y a si longtemps ! A cette époque, nous empruntions nos surnoms à Shakespeare.

— Loin des yeux, loin du cœur, c'est cela ? demanda-t-il doucement en posant son verre. En a-t-il été ainsi pour vous, Juliette ? M'avez-vous oublié le jour même où je suis parti ?

— J'ai toujours une photo sur moi, avoua-t-elle en le regardant dans les yeux.

— C'est bien. Alors, dites-moi, pourquoi n'êtes-vous pas encore mariée ?

Pourquoi ? Simplement parce qu'elle attendait encore l'homme qu'il lui tardait de chérir, dont elle partagerait le lit, qui la prendrait dans ses bras et ferait d'elle une femme comblée, jusqu'à satiété. Elle aurait pu confier cela à son ami d'autrefois. Roméo aurait compris, mais le Lucas Gallagher d'aujourd'hui ?

— Eh bien, parce que je n'ai pas trouvé chaussure à mon pied. J'ajouterai que La Terrasse n'est pas un confessionnal, que je ne suis plus une enfant

38

et que je vous serais obligée de ne pas vous faufiler dans ma vie privée.

Il sourit, amusé par la véhémence de sa réaction. Il remarqua que son assiette était vide, fit un signe et un garçon apparut aussitôt pour débarrasser la table.

— Et vous ? demanda-t-elle quand ils furent à nouveau seuls. Y a-t-il une Mme Gallagher ?

— Je suis divorcé, dit-il d'un ton bourru qui la fit tressaillir.

— Oh ! excusez-moi.

— Une mauvaise épouse, choisie au mauvais moment pour de mauvaises raisons, ajouta-t-il rapidement. Fort heureusement, l'erreur a été de courte durée.

Je ne suis pas seule à cacher mes secrets, pensa-t-elle en détournant les yeux. Roméo, lui aussi, a des cicatrices.

— Quel genre de patron êtes-vous ? demanda-t-elle pour changer de sujet. Aussi exigeant que vos maîtres ?

— Pire, si l'erreur est due à de la négligence, dit-il en lui lançant un regard reconnaissant. Mais le chef possède un avantage, il est plus fort que moi physiquement ! Henri est une véritable terreur. Il travaillait comme docker à Marseille avant de s'initier à la cuisine. Comme cela limite mon pouvoir, nous avons convenu d'instituer une sorte de monarchie constitutionnelle. Je suis la constitution ; Henri est le monarque.

Ils rirent tous les deux, puis Lucas reprit, songeur :

— Quand nous avons ouvert, c'était moi qui étais aux fourneaux ; je voulais donner le ton avant de remettre ma toque à un nouveau venu. Je m'occupe toujours des achats, mais j'ai compris que les clients préfèrent un propriétaire, un hôte bien vêtu, disponible, susceptible de répondre à toutes leurs demandes.

— Cela vous ennuie de jouer au maître de maison ?

— J'ai assez de sens pratique pour accepter la réalité telle qu'elle est, dit-il en haussant philosophiquement les épaules, mais il y a des moments...

Il s'interrompit, non parce qu'il ne savait comment exprimer sa pensée, mais parce qu'il ne voulait pas en faire part à une inconnue. Elle devina son hésitation et posa délicatement sa main sur la sienne.

— C'est à Cynthia que vous parlez, Lucas, pas à Bon Voyage. Ce que vous direz restera entre nous.

— J'avais tellement envie de vous entendre dire cela, murmura-t-il en lui caressant le poignet. Voyez-vous, ce n'est pas seulement parce que vous êtes Bon Voyage que je vous ai enlevée.

Cynthia retint sa respiration et essaya d'étouffer la subite explosion qui ébranlait tout son être. C'était comme un volcan longtemps endormi qui se réveillait soudain en présence de Lucas. Elle se pencha vers lui comme une fleur desséchée tend ses pétales vers la pluie longtemps attendue. Il continuait de caresser sa main, doucement... Le monde se mit à tourner autour d'elle, puis disparut. Cynthia était seule avec Lucas, son visage, son corps, ses doigts et le désir qu'il faisait naître en elle.

— J'allais vous dire combien j'aspire parfois à la solitude et à la paix de ma cuisine, murmura-t-il. La cuisine me rappelle le passé et me ramène inévitablement à vous... Toujours.

— Lucas ! J'ai besoin de vous ! Tout de suite !

Deana Charles, resplendissante dans un smoking noir et une chemise blanche à jabot de dentelle, ses cheveux blonds relevés en chignon au-dessus de sa tête, s'avançait vers eux d'un pas pressé.

— Je suis désolée de vous déranger, dit-elle en fixant Cynthia d'un regard qui n'exprimait nul regret, mais il y a un problème, à l'intérieur. Un homme ivre. Il n'arrête pas d'ennuyer Kitty.

— Je vais m'en occuper, dit Lucas en se levant d'un bond. Veuillez faire servir le dessert et le café à mon invitée, s'il vous plaît.

— Tout de suite, répondit Deana, tandis qu'il s'excusait auprès d'elle.

La jeune femme les suivit des yeux comme ils quittaient la table. Deana était le bras droit de Lucas, son maître de cérémonie et le chef du personnel. L'œil du maître, en double... De plus, durant les deux premiers mois suivant l'ouverture, elle avait tenu les livres de la maison. D'après Lucas, elle était extraordinairement bien organisée et fort habile en matière de finances.

Elle avait présenté de vagues excuses à la journaliste avant le dîner, et prétendu que ce simulacre de kidnapping l'avait réellement bouleversée. A l'en croire, elle n'avait pas prévu la violence des réactions de sa passagère et s'était sentie prise de panique.

Cynthia ne savait que penser. Elle était tout à fait disposée à pardonner et à oublier, mais la belle Deana ne semblait pas femme à perdre facilement le nord. Sans doute avait-elle délibérément dramatisé les événements, transformé une farce d'adolescent en une course à la mort dans les rues de Los Angeles dans le but unique de provoquer la terreur de sa passagère. Avec un certain sadisme...

Elle revenait avec la carte des desserts quand un homme d'âge moyen, corpulent, le visage blême de rage, traversa la terrasse en titubant, suivi de près par un Lucas furieux. Le silence se fit parmi les dîneurs et les têtes se tournèrent, inquiètes, curieuses, dans l'attente d'un scandale.

— Je suis connu dans cette ville, Gallagher, et je vous ferai payer cher votre attitude, cria l'homme par-dessus son épaule en descendant l'escalier.

— Ne mettez plus jamais les pieds ici, dit calmement Lucas, ignorant sa menace.

Arrivé à la dernière marche, l'homme se retourna comme pour crier une dernière obscénité afin de venger son amour-propre bafoué, mais il perdit l'équilibre et faillit tomber sur Lucas qui se tenait au bas de l'escalier, bras croisés, jambes écartées, image du mépris et de la détermination. L'homme recula rapidement, passa la main sur sa bouche et s'en alla en proférant des menaces inintelligibles. Lucas ne bougea pas d'un pouce jusqu'à ce qu'il ait disparu dans la nuit.

Deana observait la scène, fascinée, et se tourna fièrement vers Cynthia.

— Ça, c'est mon Lucas ! s'exclama-t-elle d'un air ravi. Il est magnifique, n'est-ce pas ?

— Votre Lucas ? répéta faiblement la jeune femme.

Bien sûr, elle s'était déjà demandé si la sculpturale beauté blonde n'était qu'un des atouts spectaculaires de La Terrasse, une étoile parmi d'autres, ou si elle ornait aussi l'appartement privé de son patron. S'il ne tarissait pas d'éloges à son sujet sur le plan professionnel, Lucas se montrait obstinément muet en ce qui concernait Deana, la femme.

Celle-ci, au contraire, ne dissimulait rien de ses sentiments envers lui.

— Oui, mon Lucas, confirma-t-elle d'un souffle extatique en lui soumettant la liste des desserts.

— Quel est son dessert préféré à lui ? demanda Cynthia, les lèvres pincées.

— Oh ! une tarte aux fruits ou une crème au caramel. Un peu... vulgaire, à mon avis.

— Alors ce sera une tarte aux poires, avec deux fourchettes, s'il vous plaît.

— Deux fourchettes ? demanda Deana, les sourcils levés.

— Ainsi Lucas pourra y goûter, expliqua la

journaliste, indifférente au regard hargneux qu'elle obtint en retour.

Le « maître d'hôtel » disparu, Lucas revint à leur table et tous deux savourèrent en paix leur tarte aux poires. Cependant toute intimité était exclue. A peine le jeune homme avait-il le temps de lever sa fourchette qu'un client se précipitait pour le féliciter de la façon dont il s'était débarrassé de l'ivrogne. A bout de patience, lassé, le héros demanda :

— N'en avez-vous pas assez de La Terrasse, pour une fois ?

— Mais vous êtes Tarzan à leurs yeux ! protesta-t-elle. Vos clients ont adoré votre démonstration de fermeté, et votre image de marque en est sortie renforcée. Je pensais que cela vous plairait.

— Je n'ai pas besoin de public pour savoir si je me comporte fermement ou non. La terrasse aux étoiles m'appartient, je la dirige comme je l'entends et je n'ai pas besoin d'applaudissements.

— Qui êtes-vous au juste, Lucas ? Je ne vous reconnais plus.

Les yeux du jeune homme parcoururent lentement, avidement, ses cheveux soyeux, ses lèvres légèrement entrouvertes, puis descendirent le long de sa robe qui sculptait les moindres courbes de son corps et, à nouveau elle se sentit partir à la dérive, tandis que le désir explosait en elle.

— En ce moment, dit-il tranquillement, un homme tout simplement. Ne croyez-vous pas qu'un moment d'intimité viendrait à point ?

— Bon Voyage dit oui, fit-elle en souriant.

— Ce n'est pas à Bon Voyage que j'ai posé la question. C'est Cynthia que je veux.

Elle se contenta d'acquiescer en silence et il appela un garçon.

— Veuillez apporter l'étole de Mlle Bainbridge, je vous prie. Et du champagne ! Du brut, avec deux flûtes.

— Où allons-nous ?

— Auriez-vous perdu le goût de l'aventure ? demanda-t-il en souriant.

— Simple curiosité.

Le garçon revint rapidement.

— Deana m'a demandé de vous rappeler qu'elle vous attendra pour faire les comptes, dit-il en tendant l'étole à Lucas.

— Dites à Mlle Charles qu'elle devra les faire seule, répondit-il en posant doucement la fourrure sur les épaules de sa compagne. Je ne reviendrai pas ce soir.

4

La MG grimpait allègrement vers le sommet des collines qui séparent le bassin de Los Angeles de la vallée de San Fernando. Une route sinueuse, déserte à cette heure de la nuit, s'étirait le long des crêtes, comme un serpent de bitume. Lucas la suivit pendant quelques kilomètres, puis s'engagea dans un petit sentier et arrêta la voiture sur une sorte de belvédère herbeux. La nuit était calme et pure ; on n'entendait plus le grondement sourd de la grande ville qui, au-dessous, scintillait comme un grand tapis piqueté de joyaux.

— Cet endroit ne vous rappelle rien ? demanda-t-il à sa passagère en l'aidant à descendre.

Il ouvrit le coffre et en retira une couverture.

— Sutter's Hill, la colline derrière Sutter's Farm ! s'exclama-t-elle en regardant autour d'elle, tandis qu'il étalait la couverture et retournait vers la voiture pour y prendre le champagne et les deux verres.

Combien de soirées d'été n'y avaient-ils pas passées, allongés côte à côte sur l'herbe fraîche, tantôt parlant, tantôt silencieux, tandis que les rares lampes au néon de New Hope s'allumaient en bas, très loin !

Qu'avait-il donc de si particulier ce refuge qui les attirait si fort, ensorcelés, apaisés, tandis que le spectacle enflammait leur imagination d'enfants ? Etait-ce la fusion magique du connu et de l'inconnu, l'effet combiné de la réalité et de l'illusion ? Du sommet de Sutter's Hill, ils pouvaient voir les lumières de la grande rue, imaginer une autre ville, plus belle, celle qui les rendraient célèbres, heureux, comblés. La nuit tombée, New Hope, morne petite cité, se transformait en royaume, en pays enchanté. Et quand ils étaient fatigués de la contempler, ils tournaient leurs regards vers le ciel noir où d'autres repères scintillants illuminaient les ténèbres de l'inconnu, effaçant, comme une bougie dans une pièce sombre, les craintes éternelles de l'homme devant les mystères de la nature.

Elle entendit un bouchon sauter, le pétillement du champagne. Lucas avait enlevé sa veste ; assis, les jambes croisées sur la couverture, ses yeux noirs dans les siens, il lui tendait une flûte.

— Etes-vous trop grande à présent pour contempler les étoiles ? demanda-t-il.

— Je reconnais la Grande Ourse quand je la vois, dit-elle, rieuse, en indiquant du doigt les sept étoiles qui brillaient dans le ciel.

Elle se laissa tomber auprès de lui, enleva ses chaussures et prit le champagne qu'il lui offrait.

— Maintenant, montrez-moi Vénus, dit-il en posant une main sur son genou. Vous avez toujours été mon astronome personnel en ce qui concerne cette planète.

— Vraiment ? Je ne m'en souviens pas. Je ne pense pas beaucoup au passé.

— C'est curieux ; moi, je ne me lasse pas de l'évoquer.

Un pâle rayon bleuté, celui de la pleine lune,

éclaira son visage hâlé et elle vit à nouveau les deux Lucas, subitement dissociés l'un de l'autre. Le premier, terrestre et solide, offrait confort et compréhension ; l'autre était cet inconnu captivant, dangereux, dont il serait à la fois fou et délicieux de suivre l'itinéraire aventureux. A ses propres risques.

— Nous étions des enfants, dit-elle doucement.

— Nous étions de la même race, Cynthia ; nous avions confiance l'un dans l'autre. Ce sont les sentiments qui comptent, pas l'âge. Nous étions des âmes adultes dans de trop jeunes corps.

Pensive, elle but un peu de champagne, aussi incapable de contester les liens qui les avaient unis que de refouler l'insécurité qui la torturait à présent et creusait un abîme entre eux.

— C'était différent ; nous avions besoin l'un de l'autre, dit-elle d'une voix mal assurée.

— Peut-être n'avons-nous pas changé, peut-être ce besoin est-il intact ? murmura-t-il. Venez vers moi comme vous le faisiez alors. Ne vous détournez pas.

Ses yeux noirs si tendres plongeaient dans les siens. Ces prunelles sombres penchées vers elles, elle les traversa comme un miroir, franchissant ainsi les portes qui la ramenaient vers le passé.

Elle se laissa aller et remonta le temps sans effort. Elle avait quinze ans... treize ans... onze ans... Dans la cuisine, une femme qu'elle n'avait jamais vue auparavant se tenait devant elle.

— Elle s'appelle Enid Gallagher et tu ne dois pas la déranger !

Tout en piquant une épingle à cheveux dans son chignon blond, Claire Bainbridge détourna les yeux de son miroir et regarda sa fille unique d'un air autoritaire.

— Elle a un fils à peu près de ton âge, continua-t-elle. Comme c'est l'été et qu'elle ne peut pas se permettre de le laisser seul, ni de l'envoyer en vacances, il l'accompagnera à son travail jusqu'à ce que nous puissions prendre d'autres arrangements.

Elle ajusta le rang de perles qui ornait son cou et se leva.

— Est-ce que je pourrai jouer avec lui, s'il te plaît ? demanda Cynthia.

Sa mère avait des idées si étranges en ce qui concernait ses fréquentations !

Claire, qui prenait son sac et ses gants, hésita un instant.

— Je pense que oui, dit-elle, mais soyez sages. Ne quittez pas le parc et ne vous approchez pas de la piscine. Pas de baignade si vous n'êtes pas accompagnés par un adulte.

— Merci, maman ! s'écria l'enfant, rayonnante, passant les bras autour de la taille de sa mère.

— Ce garçon n'est pas un invité, ma chérie. J'espère que tu t'en souviendras. C'est le fils de la cuisinière.

— Oui, maman, dit Cynthia qui sortit de la chambre et descendit quatre à quatre les escaliers.

Soudain, elle s'arrêta net et appela sa mère :

— Maman !

— Oui ? Quelque chose ne va pas ?

— Le garçon, maman. Comment s'appelle-t-il ?

— Sincèrement, chérie, je n'ai pas pensé à le demander.

Elle le trouva à l'office, perché sur un tabouret, en train d'épousseter et de ranger bocaux et boîtes de conserve. Il portait des culottes courtes bien repassées, un tee-shirt d'un blanc impeccable ; ses cheveux noirs, séparés par une raie sur le côté, avaient été pommadés et luisaient comme du jais. Quand il l'aperçut dans l'encadrement de la porte, il lui lança un regard indifférent et continua son travail.

— Qui es-tu ? demanda-t-il.

— Cynthia.

— Cynthia ? dit-il en se détournant pour l'examiner. Cynthia comment ?

— Bainbridge.

— Cynthia Bainbridge... Alors, tu habites ici ? dit-il d'un ton accusateur.

Elle fit oui de la tête, consciente de l'abondance des victuailles qui l'entouraient et désireuse de les réduire à un niveau susceptible de le rapprocher d'elle.

— Et toi, tu t'appelles comment ? demanda-t-elle timidement.

— Lucas Peter Gallagher, annonça-t-il d'un air de défi.

Une femme maigre passa la tête par la porte de la cuisine.

— Remets-toi au travail, mon garçon, ordonna-t-elle. Tu n'es pas ici pour t'amuser.

Elle s'essuya les mains sur son tablier et regarda la petite fille de ses grands yeux sombres et tristes.

— Il faut le laisser travailler, mademoiselle, ou votre mère ne sera pas contente.

— Elle veut bien qu'il joue avec moi, répondit l'enfant avec une audace inhabituelle chez elle. Maman a dit qu'il avait besoin de soleil et d'air pur.

— Vraiment ? dit Enid Gallagher d'un air de doute.

Cynthia, toute rouge d'avoir menti, se tourna vers Lucas. Le garçon arborait un sourire affecté et elle ne savait pas très bien si son intervention était du goût de celui-ci.

— C'est vrai, maman, je l'ai entendue, acquiesça-t-il finalement. De toute façon, nous ne pouvons pas discuter. C'est la fille du patron, dit-il en désignant la petite fille.

Peu disposée à approfondir le sujet, sa mère haussa les épaules et retourna à ses fourneaux tandis que Lucas, poussant Cynthia vers la porte de derrière, lui chuchotait :

— Il vaut mieux ne pas jouer dans la maison.

Tous deux s'étaient allongés sur la couverture et se faisaient face, appuyés sur un coude. Cynthia regarda le verre qu'elle tenait à la main comme si c'était une boule de cristal, puis leva les yeux vers Lucas.

— Vous ne m'aimiez pas beaucoup au début, n'est-ce pas ? demanda-t-elle gentiment.

Il se mit à lui caresser le bras et elle trembla à son contact, sous ses doigts aussi légers qu'une plume.

Elle ferma les yeux, s'abandonnant à la douce chaleur qui l'envahissait.

— Des hectares et des hectares de terrain et la splendide maison sur la colline. New Hope était un trou perdu et Austin Bainbridge possédait des écuries, des chevaux. Oui, je crois que j'éprouvais un sentiment de rancœur, de jalousie envers vous.

Ses doigts progressaient vers ses épaules, son cou et se posèrent sur sa gorge.

— Bien sûr, c'était avant que je vous connaisse, reprit-il. Je croyais que nous étions différents mais j'ai vite compris que ces dissemblances étaient superficielles... en dépit des préjugés sociaux de votre mère.

La jeune femme posa son verre et mit une main sur la sienne. La dernière fois qu'elle se souvenait l'avoir ainsi touchée, c'était la main d'un jeune garçon, forte et virile déjà, mais pas encore adulte. L'âge et l'expérience lui avaient façonné un caractère et la légère toison qui la recouvrait était si douce qu'elle eut envie d'y poser sa joue.

— Soyez juste, Lucas. Quand maman s'est rendu compte que nous étions devenus inséparables, elle n'est pas intervenue. Nous avons vécu six années très protégées jusqu'à ce que...

Elle s'arrêta brusquement en songeant à leur dernière rencontre, quatorze ans auparavant.

— Ne vous arrêtez pas en si bon chemin, protesta-t-il. Vous en arriviez juste au chapitre érotique de notre roman.

Abasourdie, elle le regarda, les yeux écarquillés. Comment pouvait-il parler aussi légèrement de cette nuit quand son simple souvenir la bouleversait encore ?

— Prenez garde, Roméo, dit-elle en le menaçant du doigt. Ne vous moquez pas des émotions d'une toute jeune fille. Ce qui est arrivé était peut-être sans importance pour vous...

— Sans importance ?...

Il se redressa, la serra contre lui et, posant un doigt sous son menton, leva son visage vers le sien.

— Je me souviens du plus petit détail, murmura-t-il. C'était le soir du vingt-sept août ; vous veniez d'avoir dix-sept ans. Nous nous étions baignés après le dîner et nous nous séchions dans le vestiaire. Vous portiez un maillot noir et blanc, un deux-pièces terriblement provocant, et nous parlions d'expériences amoureuses !

— Pas exactement, corrigea-t-elle. La discussion était beaucoup plus innocente.

— Vous étiez naïve, mais j'avais déjà un petit passé de séducteur... C'est du moins ce que je voulais vous faire croire. J'étais obsédé par l'idée qu'il fallait absolument que vous me considériez comme le Roméo romantique et fougueux de la légende. Peu importe si, en moi-même, j'étais un océan de contradictions. Devant vous, je voulais avoir l'air d'un don Juan revenu de tout. Je vous débitais des phrases de films que j'étais censé voir alors que, durant toute la séance, je ne pouvais quitter vos seins des yeux. Ils étaient si beaux, enfouis dans leur nid de dentelle, dit-il en laissant glisser sa main sur son cou.

— Personne ne m'avait jamais vraiment embrassée auparavant, murmura-t-elle.

Le Lucas d'hier ? Le Lucas d'aujourd'hui ? Peu importait. Il n'existait rien d'autre que le feu,

51

allumé en elle par Lucas Gallagher, un brasier qui lui donnait envie de céder à l'invitation de ses bras.

— Pauvre Juliette, dit-il en frôlant doucement sa joue. Je venais de commencer à vous faire une démonstration. J'avais fait ceci, n'est-ce pas ?

Lentement, délibérément, il posa ses lèvres tendres sur celles de Cynthia qui lui répondit par de légers baisers, l'effleurant à peine.

— Vous étiez irrésistible, soupira-t-elle. Si fort ! Mais votre bouche et vos mains étaient si douces ! Je ne vous avais jamais vu comme ça.

— Votre peau contre la mienne était comme de la soie ; vous aviez le goût du miel et le parfum de la rose. Je vous désirais follement !

— J'étais si vulnérable, si inexpérimentée !

— Cette nuit-là, dit-il en faisant glisser ses lèvres sur son cou, vous étiez ardente comme une flamme.

Il fit courir ses mains le long de son dos et, la prenant par les cheveux pour qu'elle ne puisse se dégager, il pénétra profondément la douceur de sa bouche, explorant, exigeant, tandis qu'elle l'entourait de ses bras pour se rapprocher encore de lui.

Il la fit s'allonger sur la couverture et un grand frisson la traversa.

— Que se passe-t-il ? demanda Lucas. Vous avez froid ?

— Non, je me souviens simplement... Vous étiez déjà si viril !

— Cela vous faisait-il peur ? murmura-t-il en penchant la tête pour embrasser son épaule et sa gorge.

Il posa une main sous sa nuque, glissa l'autre sous l'encolure de sa robe et, s'emparant de l'un de ses seins, le caressa lentement, savamment.

— C'est si bon ! soupira-t-il. Il y a si longtemps que j'attends ça, si longtemps que j'attends de pouvoir vous aimer. Ce soir-là, j'avais envie de vous, besoin de vous mais, en même temps, j'avais peur.

52

— Moi aussi. La force du désir que vous aviez éveillé en moi m'effrayait. Si maman n'avait pas...

— N'y pensez pas, dit-il en relevant brusquement la tête. Ne parlez pas d'elle.

Rapidement, il couvrit sa bouche de la sienne, essayant de lui faire oublier le souvenir haï qui la blessait encore. Mais, en dépit d'elle-même, l'image de sa mère s'imposa à son esprit et, repoussant Lucas, elle s'assit d'un mouvement brusque.

— Nous ne l'avions pas entendue venir, chuchota-t-elle d'une voix où perçait la détresse. Ce n'est que...

Elle leva la main vers son visage et fit une grimace de douleur et de honte au souvenir de la gifle retentissante qui l'avait surprise en pleins délices. Elle revit les traits convulsés de sa mère, entendit ses exclamations de rage et de dépit. « C'est révoltant ! Dégoûtant ! Va-t'en, Cynthia ! Va dans ta chambre, que je ne te voie plus ! » Et puis, les mots terribles destinés à Lucas : « Chat de gouttière ! Fichez le camp d'ici ! Les catins de votre quartier vous ouvrent peut-être gratuitement les bras, mais pas ma fille. Ne l'approchez plus. Vous n'êtes pas digne d'une Bainbridge ! »

— Cynthia ! s'exclama Lucas, ne pensez plus à cela.

— Vous avez disparu, poursuivit-elle. Maman vous a renvoyés, vous d'abord, puis votre mère. On vous a offert une nouvelle situation, quelque part, très loin. L'hôtel de la plage offrait à votre mère un meilleur salaire pour moins d'heures de travail. Je ne vous ai plus jamais revus ni l'un ni l'autre.

— Ma mère s'est très bien débrouillée à L'hermitage. Elle a fini par épouser le chef du service de sécurité et a rapidement pris sa retraite. Elle s'appelle maintenant Enid Dozier, épouse affectueuse et fidèle. Quant à nous...

Il caressa amoureusement le visage de Cynthia dans l'espoir de briser le mur de glace que ces souvenirs avaient si brusquement érigé entre eux. Nous sommes allés trop loin, se disait-elle de son côté. C'était un danger à courir en ouvrant les portes du passé. Lucas était-il au courant des terribles événements advenus plus tard ? Que savait-il exactement ? Refoulant les larmes d'humiliation qui lui venaient aux yeux, elle décida d'en parler.

— Un tas d'événements se sont produits à New Hope après votre départ, Lucas.

— Je sais, Cynthia.

— Mes parents sont morts.

— Oui, j'ai appris la nouvelle. Un accident d'avion.

Elle tourna vers lui un visage déformé par la souffrance.

— Vous devez donc savoir également que mon père était ruiné. Cette nouvelle vous a-t-elle réjoui ?

— Sûrement pas ! Cela a dû être terrible pour vous.

— « FEU AUSTIN BAINBRIDGE, EX-PREMIER MAGISTRAT DE LA VILLE, ÉTAIT UN JOUEUR. » « LES BIENS DES BAINBRIDGE HYPOTHÉQUÉS POUR REMBOURSER LES MILLIONS DE DOLLARS EMPRUNTÉS PAR LE PATRIARCHE. » « LES BAINBRIDGE EN FAILLITE. » Les articles se sont succédé pendant des semaines dans *La Gazette*. New Hope savourait pleinement notre disgrâce. Quand tout a été terminé, il ne m'est resté que le vide. La maison, les sociétés de mon père, la fortune des Baindridge... tout avait disparu. Il ne me restait plus rien, ni personne, seulement une traînée de chuchotements et de regards sournois qui me suivaient pas à pas.

— C'est alors que vous êtes partie dans l'Est ?

— Oui. Et je me suis juré de me venger, me venger de New Hope un jour en devenant quelqu'un d'important. C'était la seule façon de réhabiliter le souvenir de mon père, d'effacer l'opprobre qui couvrait notre nom. Le jour où j'ai quitté la ville, je me suis promis que, quoi qu'il arrive, ma vie serait au-dessus de tout soupçon. Il fallait que je sois parfaite, indépendante et financièrement crédible. Tout dépendait de cela... Absolument tout.

— Et vous y avez réussi. Vous jouissez déjà d'une belle renommée. Vous n'êtes pas plus responsable des erreurs de votre père que du snobisme de votre mère. La vie est faite pour vivre, pas pour payer les dettes des autres ! Pourquoi vous chargez-vous de tous ces fardeaux inutiles ?

— Vous voulez dire que j'aurais dû ne rien faire ? Simplement me marier, échanger mon nom contre un autre... sans tache ? Et vous, Lucas ? Voyez ce que vous avez accompli. Vous êtes parti de rien et vous voici propriétaire d'une merveille de restaurant. Il me fallait lutter aussi, surmonter la honte de n'être plus rien, pire, d'être déshonorée. J'avais autant de raisons et de droits que vous de me battre, de vaincre ces horribles souvenirs.

Il la regardait, empli d'admiration. Quelles qu'aient été les fautes de Claire et Austin Bainbridge, ils ont mis au monde une fille formidable, pensa-t-il. Belle, autonome, résolue.

— Ne vous laissez pas poursuivre par des fantômes, répliqua-t-il en passant une main sur ses cheveux.

— Qui rétablira l'honneur de notre nom, si ce n'est moi ? Je suis la dernière des Bainbridge. Ma dot, monsieur Gallagher, la voici, dit-elle en touchant son collier de perles. Ma mère me les a données le jour de mes vingt et un ans. Les magnifiques perles des Bainbridge... Mon seul héritage !

— Vous n'oubliez rien ? demanda-t-il. Et moi ? Vous m'avez aussi hérité et il vous sera difficile de vous débarrasser de moi... Je fais partie des ombres du passé, Juliette, et je vaux beaucoup plus que vos perles.

Il paraissait si fort, si sûr de lui, qu'elle ne put

s'empêcher d'éclater de rire. Il avait raison, évidemment. Comme toujours... Lucas possédait une manière à lui de compenser son manque de modestie par une extrême sagesse...!

— Oh! Vous! s'écria-t-elle en riant toujours. Comment ai-je pu me passer de vous?

— Cela a dû être insupportable, dit-il en la regardant d'un air pénétré.

Il se rapprocha à nouveau d'elle, presque timidement, comme s'il attendait son accord, l'ébauche d'un geste pour s'approcher plus encore.

— Il n'y a aucune raison pour ne pas reprendre là où nous en étions restés, continua-t-il. Aucune ombre ne plane au-dessus de nous ce soir, aucun chaperon n'est là pour nous interrompre et nous humilier. L'attirance que nous éprouvions l'un pour l'autre a résisté à l'épreuve du temps. Célébrons nos retrouvailles, en adultes consentants.

Un silence tendu s'abattit sur eux tandis que Cynthia, cherchant ses mots, fixait l'obscurité. Des nuages s'amoncelaient, obscurcissant le ciel étoilé; au-dessous d'eux, la ville voilée par un rideau de brume ne scintillait plus que faiblement.

— Non, Lucas. Qu'avez-vous à m'offrir? Une nuit de plaisir en souvenir de notre enfance? Non, décidément.

Un instant pourtant, elle l'imagina nu, le ventre plat et ferme, les cuisses puissantes... Elle savait d'avance ce qui se passerait entre eux. Une nuit de retrouvailles, quelques souvenirs égrenés, le plaisir... Et la vie reprendrait son cours: Washington, ses démêlés avec Josh, ses chroniques à travers le pays...

— Je ne suis pas la femme d'une nuit, conclut-elle. Nous sommes des amis très chers qui avons eu la chance de nous retrouver après une longue séparation. Je n'ai que des louanges à vous adresser pour La Terrasse, ne craignez rien. Vous avez donc obtenu ce que vous vouliez. Maintenant, rentrons. Demain, j'ai une journée chargée.

Elle remit ses chaussures, se leva et se dirigea vers la voiture, ne sachant plus très bien où elle en était. D'un air pensif, Lucas la suivit après avoir ramassé la couverture et le champagne. Cynthia le regarda tandis qu'il mettait le contact et remarqua son front creusé de rides, ses lèvres serrées. Déjà adolescent, il refusait l'échec. Il n'avait certainement pas changé avec le temps !

— Quelle tournée faites-vous, Bon Voyage ? demanda-t-il quand ils furent sur l'autoroute. Par quels restaurants et quels hôtels comptez-vous commencer ?

Ils en étaient revenus à Bon Voyage... Elle allongea les jambes et lui lança un bref regard.

— Adieu, Cynthia. Bonjour, Bon Voyage. C'est facile, n'est-ce pas ?

— Je m'incline simplement devant votre décision.

— Vous la respectez ?

— Je cherche un moyen de vous la faire oublier, pour tout vous avouer, admit-il en prenant un virage en épingle qui devait les mener à la Villa Rosa. Parlez-moi de votre travail pendant que je fignole mon plan.

Acquise à l'idée que l'intérêt qu'il portait à sa profession n'était motivé que par la courtoisie, Cynthia ne s'offusqua pas du silence que suscitèrent chez lui les descriptions qu'elle donna de ses voyages et de ses méthodes d'information. Mais quand, un peu plus tard, ils s'arrêtèrent devant l'hôtel, il se tourna vers elle, les sourcils froncés.

— Désolé, mais votre programme ne tient pas debout.

— Que voulez-vous dire ? demanda-t-elle, surprise, fâchée. Je connais la plupart de ces endroits depuis des années.

— C'est justement là que réside le problème,

répliqua-t-il. Tous ces endroits sont archaïques, prétentieux, tout juste bons pour quelques milliardaires quinteux et branlants à la recherche de faux ors et de respectabilité. Mais une petite révolution est en marche dans les parages, ne le saviez-vous pas ? Les maisons du début du siècle situées au cœur de la ville sont transformées en hôtelleries aussi charmantes et pittoresques que celles d'Europe. Tout près de là se trouve une sorte de quartier du Marais avec des galeries, des boutiques. Des rues mortes depuis des années sont maintenant pleines de vie, avec des restaurants comme le mien. Vous ne les connaissez pas ?... Non, je ne crois pas, dit-il, comme elle restait silencieuse. C'est d'eux que vous devriez parler. Laissez tomber les conventions, les palaces à manger, le faux luxe, et occupez-vous de ceux qui ouvrent avant même que leur peinture ne soit tout à fait sèche. Vos lecteurs apprécieront.

— Je ne sais pas, répondit-elle, hésitante mais tentée.

Mais elle songea aussitôt à une série d'articles révélant la révolution qu'évoquait le jeune homme... Une cuisine audacieuse et simple, des pensions de famille petites, intimes, situées loin du brouhaha de la ville, perdues dans un fouillis de verdure, hors mode... Elle imagina même son titre : « LA RÉVOLUTION CALIFORNIENNE »... Mais, dans l'instant, lui apparut le visage de Joshua Tremaine, pourpre de rage. Si elle osait faire quoi que ce fût sans son consentement préalable, gare !

— Eh bien ? demanda Lucas, impatient.

— Excellente idée, commença-t-elle, mais il y aurait des problèmes.

— Quels problèmes ? Vous êtes censée faire une petite enquête, découvrir des trésors cachés ? N'est-ce pas votre travail ?

Dans certaines limites, pensa-t-elle, celles, précises, fixées par Josh et son goût hautement classique. Les lieux élégantissimes dont se moquait Lucas étaient justement ceux que son patron considérait comme le comble du raffinement.

— L'homme pour lequel je travaille est très exigeant et a des idées bien arrêtées, lui aussi, dit-elle prudemment. Dans une certaine mesure, je suis payée pour exécuter ses ordres.

— Alors, il retarde ! Faites-moi confiance, je vous aiderai. Je vous ferai connaître des endroits dont vous ignorez l'existence au cœur du vrai Los Angeles. Qui que puisse être votre directeur, il ne pourra que vous louer des articles que vous lui soumettrez.

Elle essaierait de transiger avec Josh, en préparant deux types d'articles différents... seulement, pouvait-elle se permettre de l'indisposer encore ? Déjà, la petite guerre des nerfs qu'il entretenait visait à la soumettre, à l'entraîner dans son lit. Un nouveau faux pas de la jeune femme, et Josh la tiendrait à sa merci et la ferait remplacer, peut-être par cette gosse de vingt ans éblouie par sa chance !

— Je ne peux pas, Lucas, c'est tout. Je ne peux vraiment pas... Cette soirée a été si belle, dit-elle en posant la main sur la poignée de la portière.

— Qui est cet homme, Cynthia ? Pourquoi une telle peur de lui ?

— Il s'appelle Joshua Tremaine. Il est tout-puissant et il m'a prise au piège. C'est mon problème, pas le vôtre. Bonsoir, Lucas, il faut que j'y aille, à présent.

— Expliquez-moi, ordonna-t-il en ouvrant sa portière. Nous allons marcher un peu.

— Lucas...

Il fit le tour de la voiture et l'aida à sortir.

— Nous sommes des amis et les amis sont censés s'entraider.

— Vous voulez vraiment savoir ?

— Jusqu'au plus sordide petit détail.

Tels des personnages de rêve, ils avançaient lentement dans le jardin noyé de brouillard.

— Ainsi, il s'appelle Joshua Tremaine ? commença Lucas.

— Oui. Sa famille possède le *Times-Herald* depuis des générations et il m'a en quelque sorte prise sous sa protection.

Appuyée contre le jeune homme, elle résuma ses huit années de difficile apprentissage sous la férule de Joshua Tremaine. Elle finissait son récit quand ils arrivèrent au pied de l'escalier menant à la réception.

— Le chantage sexuel auquel il vous soumet est donc la dernière nouveauté ? dit-il. Il n'a jamais essayé d'aller plus loin, d'exercer sur vous des violences physiques ?

— Jamais. Bien sûr, il m'a invitée de temps à autre, glissé quelques petites insinuations, mais rien de sérieux. Il ne semblait même pas surpris quand je refusais et ne se donnait pas la peine d'insister.

— Ne vous tracassez pas pour cela, dit-il en posant un bras autour de sa taille. A nous deux, nous viendrons à bout de ce monstre. Nous commençons à neuf heures pile demain matin. C'est moi qui prépare le petit déjeuner. J'espère que vous aurez de l'appétit.

Il la prit dans ses bras et lui donna un long baiser.

— Nous avons déjà prouvé qu'il a tort dans un domaine bien précis, n'est-ce pas ? Vous n'êtes pas froide, je peux en témoigner. Vous reprenez vie à mon contact. Savez-vous que vous frémissez quand je vous touche ? Je suis heureux que ce sale type n'en sache rien. C'est notre secret à nous, le vôtre et le mien. Laissez-le dire ce qu'il veut. Vous et moi seuls savons qui vous êtes en réalité.

— Lucas, soupira-t-elle, vous ne connaissez pas Josh !

— Ne pensez plus à lui, dit-il en sonnant le

portier de nuit qui, réveillé en sursaut, sauta sur son trousseau de clés pour leur ouvrir. Joshua Tremaine ne me connaît pas. Dormez bien. Vous êtes désormais en de bonnes mains.

5

— Comment pouvez-vous avoir l'air aussi reposé
après cinq heures de sommeil seulement ? grogna
Cynthia en piquant sa fourchette dans un morceau
de saucisse.

Assis en face d'elle à la table de la cuisine d'un
spacieux duplex, se tenait un Lucas débordant
d'énergie.

— Quatre heures, rectifia-t-il. Je me suis levé à
sept heures pour faire un jogging alors que, sans
aucun doute, vous étiez encore en train de faire de
beaux rêves.

— Des rêves plutôt agités, grâce à vous.

— Vous étiez en train de vous battre avec Joshua
Tremaine ? Je croyais que nous avions réglé ce
problème-là. Pour commencer, vous venez avec
moi et vers la fin de la semaine vous ferez ce qu'il
faudra pour plaire à son altesse. Cela vous va ?
Qu'est-ce qui vous tracasse ?

— Je n'avais pas envie de parler de Josh, dit-elle
en baissant les yeux.

Il ne pouvait pas deviner que le visage qui avait

hanté ses rêves n'était autre que le sien. D'ailleurs, comment le saurait-il, alors qu'elle-même n'avait compris combien il lui manquait déjà, la nuit précédente, que lorsqu'il avait fermé derrière lui la porte de la Villa Rosa et s'en était allé. De sa fenêtre, elle l'avait suivi des yeux jusqu'à ce que la voiture disparût au loin, la laissant aussi désespérée que si elle ne devait jamais le revoir. Son absence la faisait terriblement souffrir.

— Vous voulez dire que c'est moi qui ai troublé vos rêves ? dit-il en lui caressant la joue. Et dire que je n'étais même pas là !

— C'est peut-être bien pour ça, se risqua-t-elle à lui confier.

— Eh bien ! secret pour secret, je peux vous dire qu'à moi aussi le lit a semblé bien vide...

Il la regardait, ravi, savourer son omelette à la tomate et aux épinards. Le brillant soleil du matin entrait à flots par la fenêtre ouverte, auréolant son délicat visage d'un halo lumineux. Elle semblait à sa place dans ce cadre ; de toute éternité, elle était le complément qui manquait à l'appartement qu'elle enrichissait par sa seule présence, comme les fleurs sur la table ou les rideaux qui s'agitaient doucement sous la brise.

— Votre femme n'était vraiment pas futée, dit-elle entre deux bouchées. Un mari qui sait cuisiner ! Si vous aviez été le mien, je ne vous aurais jamais laissé filer.

Si vous aviez été ma femme, je n'aurais peut-être pas eu besoin de partir, pensa-t-il. Il avait fait un gros effort sur lui-même, la nuit précédente, pour ne pas se laisser entraîner par ses pulsions, son désir fou d'une Cynthia douloureuse et solitaire. Mais maintenant ? Le lit se trouvait à quelques pas... il les attendait. Que ferait-elle s'il lui prenait la main et la conduisait dans sa chambre, s'il la déshabillait et lui révélait son propre corps ?

— Nous pouvons jouer à ce que la nuit dernière ne finisse jamais, suggéra-t-il en se levant.

— Le temps des jeux est révolu Lucas, murmura-t-elle, hésitante.

— Pourquoi ? demanda-t-il, déconcerté.

— Il y a des ombres autour de vous, dit-elle en le regardant, les yeux agrandis. Il y a deux hommes en vous.

— Qui suis-je, alors ?

— Un enfant, puis un adolescent que je connaissais, un homme dont j'ignore tout. Et, quand je vous regarde, je vois des fantômes.

— Lesquels ? Celui de votre mère ?

— Cela et plus encore. D'un côté, vous symbolisez New Hope ; vous appartenez à un passé qui, je me le suis juré, ne pourra plus jamais me faire souffrir. Par ailleurs, vous n'avez plus rien du jeune garçon gauche et farouche de New Hope. Vous êtes un inconnu attirant qui essaie de me séduire.

— Je ne suis ni New Hope ni un inconnu et je ne faisais pas partie de ceux qui vous ont jugée.

— Alors, qui êtes-vous, Lucas ? Dites-le-moi.

Il s'approcha d'elle et se pencha pour l'embrasser, doucement d'abord, puis avec une ardeur telle que les lèvres de la jeune femme s'entrouvrirent et, quand son baiser se fit plus profond, celle-ci en ressentit un plaisir si intense qu'elle en fut bouleversée.

Encouragé par sa réaction, il laissa glisser sa main sur ses seins et murmura tout contre ses lèvres :

— Vous découvrirez quî je suis quand le moment sera venu, quand vous serez prête à m'ouvrir votre tour d'ivoire. Mais sachez ceci : nous deux, cela doit être et cela sera ! En attendant, si vous avez terminé de déjeuner, nous avons à faire, dit-il en regardant la pendule.

Pour commencer, ils s'arrêtèrent au marché aux fleurs, un enchantement de formes, de couleurs, d'odeurs. Il y avait là un morceau du jardin d'Eden ; anthuriums pourpres de Hawaii, lis, iris, hortensias bleus, œillets, coquelicots, marguerites, glaïeuls, gardénias, orchidées...

Lucas la conduisit à un étalage situé en plein centre du marché où il examina les produits du jour avec le propriétaire, Sam Watanabe, un homme frêle de descendance japonaise.

— Que penseriez-vous d'un mélange de fleurs, monsieur Gallagher ? Des tulipes blanches, des œillets roses et des gypsophiles en guise de feuillage.

— Nous faisons des bouquets plus raffinés le samedi, expliqua Lucas en regardant Cynthia. Qu'en pensez-vous ?

Le regard de celle-ci se porta sur un seau qui contenait une brassée de longues tiges portant de fragiles fleurs jaunes.

— Des forsythias ! s'exclama-t-elle en se penchant pour les admirer. Il y en avait des quantités à New Hope, vous vous souvenez ? Ce serait ravissant sur les tables !

— Vous avez raison, ils sont parfaits. Vous savez tout ce dont j'ai besoin, Sam, dit Lucas en lui tendant sa carte de crédit. Livraison pour quinze heures.

— Mon fils s'en occupera, répondit le Japonais, visiblement satisfait de leur choix.

— Le forsythia n'est pas assez sophistiqué pour certaines personnes, c'est pourquoi je ne l'ai pas proposé tout de suite. Mademoiselle a l'œil, monsieur Gallagher, et le sens de la symétrie, comme les Japonais.

— C'est juste, mon vieux, répondit Lucas.

— Je me demande comment ils sont maintenant, dit la jeune femme comme ils se dirigeaient vers la voiture.

— Quoi donc ?

— Les forsythias ! Ils ont dû croître au cours des années. Ils doivent être magnifiques au printemps.

— Aimeriez-vous les voir ?

Il rit tout bas en voyant son air déconcerté, s'assit au volant et sortit de son portefeuille une photo en couleur.

— Je me suis arrêté à New Hope l'année dernière en allant rendre visite à ma mère, dit-il en la lui tendant. Voici la maison Bainbridge telle qu'elle est aujourd'hui.

Elle constata, satisfaite, que les forsythias, vivaces et exubérants, étaient toujours là.

— C'est la même maison, mais différente, dit-elle en examinant la photo de près.

Un chien était allongé sur la terrasse et des enfants s'amusaient sur une balançoire.

— Regardez, dit-elle en montrant une voiture rouge et un tricycle sur la pelouse. Maman n'aurait jamais permis ça.

— Les maisons sont des caméléons ; elles adoptent la personnalité des familles qui y vivent, dit-il avec tact.

— J'espère que les nouveaux propriétaires y sont heureux, conclut-elle placidement.

— D'après la photo, je pense que oui, murmura-t-il en mettant la voiture en marche.

Aux yeux de Cynthia, le marché aux fleurs représentait déjà un bref aperçu du paradis mais, quand elle pénétra dans le marché des fruits et légumes, elle eut l'impression d'entrer dans une ville au sein de la cité tentaculaire. Une cacophonie musicale à dominante jamaïquaine émanait de dizaines de transistors, tandis que des hommes basanés, aux muscles puissants luisants de transpiration et gonflés par l'effort déchargeaient des camions de produits frais. Leurs diverses nuances formaient une stupéfiante harmonie de couleurs. Le marché pétillait d'activité et l'air sentait l'humus, le fruit mûr et la sueur d'homme.

Lucas ignora les gros vendeurs et se dirigea vers un petit étalage.

— Nous sommes en retard aujourd'hui ; en général, je suis là à sept heures, dit-il à Cynthia, tandis que la marchande, une femme d'une cinquantaine d'années, grande et maigre, les regardait venir.

— Je vous ai gardé trois douzaines de citrons verts et de la romaine, comme d'habitude, monsieur Gallagher ! annonça-t-elle d'une voix retentissante.

— C'est gentil à vous, madame Krug, répondit-il en lui serrant la main. Henri est de mauvaise humeur quand il n'a pas sa bonne salade habituelle.

— J'avais de belles endives, ce matin, très tôt, mais c'est déjà parti. Où étiez-vous donc ?

Ses yeux noisette examinaient sa compagne, dont l'attention avait été momentanément distraite par l'arrivée d'un musicien armé d'une guitare, qui s'installa près de l'entrée. La femme dévisageait Cynthia d'un air soupçonneux, comme si elle était responsable du retard de Lucas.

Celui-ci le remarqua et prit la jeune femme par la taille, d'un air protecteur.

— Je suis certain que ce qui vous reste fera l'affaire pour ce soir, madame Krug, dit-il calmement. Demain, c'est dimanche, et le restaurant n'ouvre pas. A propos, puis-je vous présenter une vieille amie ? Mlle Bainbridge vient de Washington et doit rester quelques jours parmi nous. Elle est journaliste et s'occupe particulièrement de tourisme. Elle signe toujours ses articles Bon Voyage.

— Bon Voyage, c'est vous ? s'exclama Mme Krug, les yeux écarquillés.

— Eh oui ! dit Cynthia en souriant.

— Je lis votre rubrique tous les dimanches, dit la maraîchère, et mon mari aussi.

— Je lui ai dit que vos produits sont les meilleurs de la ville, dit Lucas, et que c'est chez vous que s'approvisionnent les bons restaurants et les connaisseurs.

— Monsieur Gallagher, vraiment, je...

Mme Krug devint aussi rose de plaisir que ses pêches et tous trois se dirigèrent vers l'arrière de l'étalage.

La jeune femme contemplait Lucas, tout à son choix, passant délicatement ses mains puissantes sur les haricots verts, les tomates, les fruits. La vendeuse, de son côté, appréciait le sérieux qu'il apportait à sa tâche et se tenait à ses côtés comme un fidèle serviteur, hochant la tête d'un air approbateur quand, palpant un melon, il le humait pour mieux en sentir l'arôme.

— Vous pouvez dire qu'ils sont au mieux en ce moment, monsieur Gallagher, dit-elle ; moelleux et parfumés... ni trop jeunes, ni trop vieux.

— Comme mon amie ici présente, n'est-ce pas, madame Krug, plaisanta-t-il en pinçant délicatement la joue de Cynthia.

— Au moins, mademoiselle sait-elle faire la différence entre un oignon et une échalote, dit la commerçante, souriante, ce qui n'est pas le cas de certaines de vos belles amies.

Lucas rougit et passa une main sur sa nuque.

— Madame Krug...

— Qui donc ignore ce qu'est une échalote ? demanda Cynthia en se penchant pour saisir une poignée de bulbes.

— Mlle Deana Charles par exemple, dit Mme Krug, satisfaite. Et dire qu'elle travaille dans un restaurant ! Pour celle-là, ajouta-t-elle d'un air dégoûté, il n'y a que l'argent qui compte. Comme la fois où elle grondait M. Gallagher parce qu'il achetait de la ciboulette fraîche ! La terrasse aux étoiles aurait dû acheter de la ciboulette surgelée, qu'elle disait ! Quelle idiotie !

— Puis-je vous aider à emballer notre commande, madame Krug ? demanda-t-il poliment, sans relever sa remarque.

— Oui, je veux bien. Attendez ! Je vais chercher les cageots, déclara-t-elle, l'esprit toujours occupé par Deana. De la ciboulette congelée ! Vous vous rendez compte ? Cette fille a peut-être un visage à rendre les anges jaloux, mais elle n'est sûrement pas capable de satisfaire un estomac.

La journaliste se détourna, contemplant un panier d'asperges. Que représentait Deana pour Lucas, exactement ? Pourquoi évitait-il toute occasion d'en parler ? Elle sentit sa présence juste derrière elle.

— A quoi pensez-vous, Juliette ? dit-il dans un murmure, tandis que ses lèvres effleuraient son cou. Ma vie serait-elle plus facile si je servais des plats surgelés ?

La jeune femme s'efforça d'ignorer la chaleur de ses lèvres et parut se concentrer sur les asperges.

— Peut-être que si vous preniez l'habitude de faire votre marché avec des gens qui apprécient les échalotes et la ciboulette fraîche...

— Voici les cageots ! annonça à ce moment Mme Krug.

Le restaurateur aida la marchande à les remplir de ses achats.

— Pourriez-vous garder le tout jusqu'à ce que Deana vienne en prendre livraison ? dit-il enfin. Elle sera là dans une heure environ.

— Vous ne les emportez pas avec vous ?

— Non, répondit-il en regardant sa compagne. Aujourd'hui, je suis en vacances.

Les heures passaient sans que Cynthia s'en aperçût. Ils déjeunèrent au El Toro, un superbe restaurant mexicain situé au cœur du marché aux fruits et aux légumes où les clients, toutes nationalités et professions confondues, parlaient anglais, espagnol et diverses langues asiatiques. Ils s'attardèrent dans les boutiques, les galeries, et explorèrent les hôtels du vieux Los Angeles dont Lucas avait parlé. C'étaient de grandes maisons datant de la fin du siècle dernier, avec de vastes baies précédées d'une cour fleurie, amoureusement entretenue. Elles n'avaient rien de somptueux, mais dégageaient un charme fou. Construites une centaine d'années plus tôt, elles avaient résisté à l'assaut des générations successives jusqu'à ce que leurs propriétaires, devenus prospères, les abandonnent pour des banlieues résidentielles. Les nouveaux occupants, trop pauvres pour les entretenir, les avaient laissées se dégrader lentement. Mais patiemment, avec une dignité stoïque, les vieilles maisons avaient attendu que le vent tourne et qu'une jeune génération, ambitieuse et travailleuse, vînt renforcer leurs fondations croulantes et insuffler une atmosphère nouvelle dans leurs pièces mal ventilées.

Emerveillée, Cynthia regardait les vieux bâtiments. Elle adorait ce quartier qui, lentement, sortait de l'abandon et de l'oubli, ce quartier qui luttait pour revivre et redevenir le cœur battant de la cité. A mesure que l'après-midi s'écoulait et qu'elle assemblait ses notes, totalement absorbée par ce qu'elle voyait et entendait, attentive à l'homme à ses côtés qui la guidait, lui contant l'histoire de la réhabilitation des demeures anciennes, elle en vint à s'identifier à l'essence même des rues qu'elle parcourait. Comme elles, elle était en période de transition ; elle aussi muait, sortait de sa chrysalide...

Jusqu'ici, elle pensait qu'il existait deux Lucas Gallagher, deux entités distinctes dans un même corps, le compagnon de son enfance qui lui rappelait un triste passé et l'inconnu qui l'attirait et l'effrayait à la fois. Mais, au cours de cette journée, tandis qu'ils passaient devant les bâtiments à différents stades de restauration, elle fut frappée à plusieurs reprises par la similitude de leurs destins ; l'homme et la femme qu'ils étaient devenus, Lucas et elle, n'étaient-ils pas un peu semblables à ces constructions ? N'appartenaient-ils pas, eux aussi, à la fois au passé et au présent ?

— C'est la partie de la ville que je préfère, dit-il comme ils passaient le long d'une rue bordée d'arbres. Ancien et nouveau y font un heureux mélange.

Elle souriait, heureuse d'être avec lui, la main dans la main. Elle comprit tout à coup combien tout était simple... Le jeune garçon auquel elle avait confié tant de secrets dans les hautes herbes de Sutter's Hill faisait partie intégrante du Lucas Gallagher adulte qui l'attirait encore après tant d'années. De même, la jeune Cynthia qu'il avait embrassée avec tant de passion à New Hope, vivait encore en la femme dont il tenait tendrement la main, rassurant, dans cette ville située à des milliers de kilomètres de celle où s'était écoulée leur jeunesse.

— Non, nous ne sommes pas différents nous non plus, murmura-t-elle d'un ton rêveur en regardant la rue tranquille. Nous avons juste acquis ou abandonné, çà et là, bonheurs et chagrins tout au long du chemin.

Il s'arrêta, la prit par les épaules et plongea son regard dans le sien.

— Regardez autour de vous, Cynthia. Vous voyez ce qui arrive quand on décide d'abattre des murs les inutiles ajouts ornementaux. La structure respire, elle recommence à vivre. Ouvrez la barrière et laissez-moi entrer.

Elle sentit toute résistance l'abandonner.

— Vous n'êtes pas New Hope, n'est-ce pas ? souffla-t-elle comme il l'attirait vers lui.

— Je ne l'ai jamais été ; vous avez tout inventé, murmura-t-il en prenant ses lèvres.

Ce baiser sur un trottoir, en plein jour, aurait dû n'être tout au plus qu'amical, le genre de baiser que l'on échange en attendant un moment plus opportun. Mais, quand Lucas referma ses bras autour d'elle, la respiration accélérée, elle se serra contre lui.

Leurs deux corps paraissaient irrésistiblement, magiquement attirés l'un vers l'autre mais les liens qui les unissaient dépassaient la simple attraction physique. La confiance et l'affection que, réciproquement ils éprouvaient durant leur enfance alimentaient encore cette attirance nouvelle, adulte...

— Je voudrais être seul avec vous, grogna-t-il en la conduisant derrière un bâtiment voisin dont un mur faisait écran.

Cynthia s'y adossa et Lucas s'appuya contre elle, une main protégeant la tête de la jeune femme de la rudesse du mur, l'autre glissant sous son corsage. Elle tremblait sous ses caresses.

— Vous êtes si belle, si douce, si prête à l'amour. Laissez-moi vous aimer, Cynthia. Je vous en prie, laissez-moi vous aimer.

Elle fit oui de la tête, laissant errer ses doigts dans la douce toison brune qui recouvrait sa poitrine puissante. Les mains et les lèvres de Lucas lui procuraient un plaisir si intense qu'elle ne put réprimer un gémissement voluptueux.

Dans le passé, jamais elle ne s'était donnée tout entière, n'apportant aux hommes dont elle avait brièvement partagé l'existence que l'écorce d'elle-même et n'en recevant pas davantage. Se laisser aimer par Lucas, l'aimer de tout son corps, allait tout changer. Il resserra encore plus fortement son étreinte.

— Arrêtez-moi, murmura-t-il. Eloignez-vous de moi avant...

— Alors, tu viens, Joe ?

Une voix de femme, criarde, troubla soudain l'intimité des lieux. La portière d'une voiture claqua et des pas résonnèrent sur le trottoir.

Cynthia et Lucas se séparèrent aussitôt et virent s'avancer vers eux un couple encore jeune, mais déjà las et blasé...

— Il se fait tard ; nous devrions rentrer, proposa Lucas qui regardait le soleil à l'horizon tout en rajustant sa chemise. Je vais vous déposer à la Villa Rosa et j'irai jusque chez moi pour m'assurer que Henri ne rencontre aucun problème. Et puis, j'aimerais me baigner avant le dîner.

— La piscine de la Villa Rosa, proposa-t-elle. Nous pourrions nous y baigner ensemble.

— Vous lisez dans mes pensées, dit-il comme ils retournaient vers la voiture. Après, nous irons jusqu'à la plage. Un excellent restaurant vient d'y ouvrir ; il ne sert que du poisson et des fruits de mer. Vous aimeriez des palourdes farcies et du homard grillé ?

— Oh ! oui ! dit-elle en se rapprochant de lui, mais c'est l'après-dîner qui me préoccupe. C'est si loin... Je veux devenir comme ces maisons que nous avons vues, Lucas. Je veux être ramenée à la vie.

— Vous êtes déjà sur la voie, dit-il en la regardant tendrement. D'ailleurs, vous étiez seulement endormie, princesse.

Les yeux grands ouverts, elle regardait autour d'elle. Le coucher du soleil promettait d'être splendide et déjà les baignait d'une lumière dorée. Cynthia posa la tête sur l'épaule de Lucas. La nuit s'annonçait magique.

Ils nageaient tranquillement dans la piscine de la Villa Rosa quand un chasseur s'approcha.

— Etes-vous Lucas Gallagher, monsieur ? demanda-t-il poliment.

Il acquiesça et se coula vers le bord du bassin.

— Un appel téléphonique pour vous, monsieur.

Vous pouvez le prendre ici si vous voulez, ajouta le chasseur en indiquant un récepteur posé non loin de là, sur une table en fer forgé.

— Qui diable cela peut-il être ? s'exclama Lucas, contrarié, en sortant de l'eau.

Il se sécha rapidement, enroula la serviette autour de sa taille et se dirigea vers l'appareil.

— Ici, Lucas Gallagher, dit-il.

Cynthia le vit soudain se figer.

— Quand ? Les dégâts sont importants ?

A mesure qu'il écoutait ce qui paraissait une longue explication, son visage prenait une expression horrifiée.

— Bon Dieu ! Qui a fait ça ?

Il écouta encore, agita la main d'un air impatient, comme si toute autre explication était inutile.

— Commencez à nettoyer, ordonna-t-il. J'arrive tout de suite.

Son interlocuteur le retint encore quelques secondes, durant lesquelles ses yeux se posèrent sur Cynthia qui attendait, au bord de la piscine. Il raccrocha brutalement.

— Un extincteur vient d'exploser à La Terrasse, expliqua-t-il. Il y une couche de mousse de cinq centimètres dans toute la cuisine et sur tous les aliments.

— Mon Dieu ! Comment cela a-t-il pu se produire ?

— Deana l'ignore. Il semble que l'appareil se soit décroché du mur et ait roulé près des fourneaux. Henri est débordé à cette heure de la soirée et n'a pas remarqué qu'il n'était plus à sa place.

— Toute cette nourriture gâchée ! Qu'allez-vous faire ?

— Nous improviserons quelque chose. Il faut que je rentre immédiatement. Je suis vraiment désolé pour ce soir. Je vous téléphonerai plus tard.

Il se dirigea vers la cabine où il avait déposé ses vêtements.

Cynthia sortit rapidement du bassin et le rattrapa.

— Je vais avec vous, offrit-elle. Je pourrai peut-être me rendre utile.

— Non, fit-il en secouant la tête. Henri est déjà assez agacé, d'après ce que m'a dit Deana. Elle m'a recommandé de venir seul. En outre, vous êtes une invitée. Pourquoi votre soirée serait-elle gâchée parce qu'un accident s'est produit dans mon restaurant ?

— C'est également le conseil de Deana ?

— Oui, elle m'a demandé de ne pas être égoïste.

Cynthia ne bougea pas d'un pouce jusqu'à son départ, puis rentra dans sa chambre, l'esprit aussi vindicatif que celui d'une jeune recrue devant le drapeau de son pays tombé aux mains de l'ennemi. Mais elle allait le récupérer, ce drapeau, et gare à qui lui en défendrait l'accès !

6

— Votre homard, madame.

La serveuse, une femme potelée qui essayait tant bien que mal de camoufler sa fatigue après des heures de station debout, déposa sur la table un plateau dont le contenu ressemblait à une nature morte, puis entreprit d'enlever le deuxième couvert.

— Pourquoi ne l'a-t-on pas ôté avant votre arrivée ? dit-elle en manière d'excuse.

— Je pensais que quelqu'un viendrait me rejoindre, murmura Cynthia sans la regarder, les yeux fixés sur le rivage, à travers la vitre.

La brave femme prit un air malheureux, regarda sa montre et s'exclama, manifestement soulagée :

— C'est peut-être un peu tard maintenant, madame. Le gril va bientôt fermer et il n'y aura plus que vous et la table cinq. Mais prenez votre temps pour déguster le homard. Au prix où il est !

Sur ces mots, elle se dirigea vers les occupants de la table cinq, dans l'espoir, sans doute, d'un bon pourboire.

De toute évidence, l'homme et la femme assis là-bas étaient épris l'un de l'autre. Les cheveux gris, la cinquantaine passée, ils devaient vivre ensemble depuis si longtemps que leurs mouvements étaient coordonnés ; pourtant, ils ne semblaient pas las l'un de l'autre. Malgré leur âge, ils ressemblaient à deux êtres jeunes et amoureux, curieux des joies de l'amour, prêts à s'embarquer pour une vie de bonheur.

Cynthia les regardait avec un pincement d'envie tandis qu'elle grignotait son homard du bout des dents, devant une chaise vide. Lucas devrait être là, pensait-elle. Et il y serait s'il n'y avait eu cet accident... qui n'en était pas un, elle l'aurait juré !

Elle secoua la tête, incrédule. Ah ! les hommes. Ils pouvaient marcher sur la lune, déplacer des armées, écrire de longs poèmes exaltés, user de stratégies machiavéliques pour venir à bout de leurs rivaux, détenir le pouvoir nucléaire et jongler avec l'atome, ils ne voyaient rien de ce qui se passait sous leur nez. Cette nuit aurait dû être sa nuit à elle, pas celle de Deana !

— Excusez-moi !

Elle leva les yeux vers l'homme barbu et grisonnant, l'occupant de la table cinq arrêté devant elle, une bouteille de vin à demi entamée à la main.

— Ma femme et moi devons conduire ce soir et nous avons jugé bon de ne pas finir cette bouteille. C'est un montrachet. Le laisser serait vraiment un péché. Voulez-vous l'accepter ?

— C'est très aimable à vous, répondit Cynthia en souriant.

Puis elle se tourna vers sa femme qui lui fit un signe aimable de la main.

— Voyez-vous, dit l'homme, Evelyn et moi fêtons notre quarantième anniversaire de mariage. Nous nous rendons à Santa Barbara, à l'hôtel Saratoga, où nous avons passé notre lune de miel.

— Au Saratoga... dit la journaliste. Je me demande si je le connais.

— En tout cas, répondit-il, vous devriez y aller. C'est l'un des endroits les plus intéressants de Santa Barbara. Elégant et calme, avec une superbe plage privée.

Il inclina légèrement la tête et, avec la grâce d'un aristocrate d'une autre époque, ajouta discrètement :

— Je ne saurais trop vous conseiller le Saratoga pour entamer une histoire d'amour. C'est par là qu'Evelyn et moi avons commencé. Merci d'avoir accepté notre vin. Nous sommes heureux de partager, même si le présent est modeste.

— Vous avez partagé plus que le contenu de cette bouteille, beaucoup plus ! le remercia Cynthia, qu'une inspiration traversa, fulgurante.

Ce n'était qu'une idée, mais qui bientôt prit de l'ampleur ; elle avait toujours cru qu'il suffirait d'attendre l'amour, l'homme de sa vie, passivement, pour qu'il vînt, inévitablement... Comme une princesse endormie attend son prince charmant. Il ne pouvait manquer de se manifester un jour. Or, elle l'espérait en vain depuis si longtemps... Elle venait de comprendre, subitement, grâce à la démarche de cet homme âgé, que si la montagne ne venait pas à elle, il lui faudrait bien tenter de la rejoindre par ses propres moyens. L'initiative, le courage, le culot d'entreprendre. Voilà ! Il fallait agir et non subir. Comme Lucas, Deana, et même Josh !

Elle appela la serveuse qui lança un regard consterné à la bouteille de vin posée sur la table.

— Vous voulez un verre propre, madame ? demanda-t-elle.

— Non, simplement l'addition. Et pourriez-vous appeler un taxi, s'il vous plaît ?

Visiblement soulagée, la serveuse posa la note sur la table et s'empara de la bouteille avant que sa cliente pût changer d'avis.

— Emportez-la chez vous, dit Cynthia en cherchant son portefeuille. J'y aurais fait honneur moi-même si je n'avais pas eu besoin de conduire.

Puis elle sortit dans l'obscurité afin d'attendre son taxi.

— L'agence de location de voitures la plus proche, dit-elle en ouvrant la portière, avant même que le chauffeur s'arrêtât tout à fait.

— Il y en a une au bout de la rue.

— Alors, allez-y, et vite !

Quarante-cinq minutes plus tard, elle se trouvait dans le vestibule de la Villa Rosa et se dirigeait vers l'ascenseur.

— Mademoiselle Bainbridge ! la héla le portier de nuit, en lui montrant la pile de messages qui l'attendaient.

Elle les examina rapidement. Joshua, encore Joshua, Lucas, Joshua une troisième fois, Lucas.

— La personne qui a téléphoné de Washington semblait particulièrement soucieuse de vous joindre, précisa l'homme. Voulez-vous que je l'appelle ?

— Il est trois heures du matin là-bas, dit-elle après avoir consulté sa montre. Voulez-vous appeler M. Gallagher à La Terrasse aux étoiles, s'il vous plaît ? Je serai dans ma chambre pendant quelques minutes, ajouta-t-elle en entrant dans l'ascenseur, puis je ressors immédiatement. Avant de partir, je vous donnerai un numéro où me joindre.

La porte de l'ascenseur se ferma sur son sourire énigmatique.

— Quand puis-je vous voir ?

L'insistance de Lucas lui remonta le moral.

— Dans un petit quart d'heure, dit-elle en vérifiant rapidement le contenu du sac de voyage dans lequel elle avait jeté les objets de première nécessité.

— Je pars tout de suite.

— Non. Restez où vous êtes, Lucas Gallagher, ordonna-t-elle, et elle raccrocha avant qu'il pût ajouter quoi que ce soit.

De loin, elle aperçut sa chemise blanche, tache éblouissante sous le lampadaire où il attendait puis, comme elle ralentissait, les phares l'éclairèrent. Tout entier. Dieu ! qu'il était grand, droit, beau !

Son cœur se mit à battre à coups redoublés et, tandis qu'il s'installait à ses côtés, l'air stupéfait, elle dut, une seconde, résister à l'impulsion de le jeter dehors et de fuir, fuir le plus loin possible...

— Pourquoi avez-vous loué une voiture ? demanda-t-il, désorienté. Je vous aurais conduit là où vous le vouliez...

Elle faillit s'émouvoir mais, décidée à aller jusqu'au bout, s'abstint de répondre.

— Cynthia !

Apparemment insensible, elle mit la voiture en marche et annonça d'une voix ferme :

— Eteignez votre cigarette, attachez votre ceinture, nous nous dirigeons vers le nord.

Elle pesa sur l'accélérateur puis obliqua en direction de l'ouest.

— Suivez cette voie jusqu'à l'autoroute côtière, puis prenez à droite, dit-il en attachant sa ceinture. Puis-je savoir où nous allons ?

Quelle audace ! Oser lui poser la question après l'avoir fait enlever à l'aéroport ! L'heure de la revanche sonnait...

— Lucas Gallagher, vous avez été kidnappé ! annonça-t-elle joyeusement.

— Cynthia Bainbridge !

Son visage exprima l'incrédulité, puis une sorte de curiosité amusée.

— Vous êtes vraiment en train de me ravir à l'affection des miens ?

Elle hocha la tête tandis que, sans la quitter des

yeux, il s'appuyait confortablement contre le dossier de son siège avant de demander :

— Où me conduisez-vous ?

— On se tait ! Pas de questions au ravisseur ! dit-elle en souriant comme ils s'arrêtaient à un feu rouge.

— Faut-il hurler et protester ? demanda-t-il doucement.

Elle le regarda, les yeux brillants. Le temps s'était arrêté et il vit ses yeux... Les yeux de Cynthia ! Mon Dieu ! Les yeux de Cynthia !

— Seulement si vous ne voulez pas passer la nuit avec moi, dit-elle avec une sincérité qui lui transperça le cœur.

Un coup de Klaxon retentit derrière eux et elle accéléra.

— Combien de temps devrai-je encore attendre ? soupira-t-il tandis que la voiture fonçait dans la nuit noire.

Deux heures plus tard, Lucas ferma la porte d'une chambre douillette aux murs tapissés de bleuets et de myosotis. Il se tourna lentement vers Cynthia et savoura le spectacle qu'elle présentait, assise au bord du lit, les joues rosées, le visage rayonnant sous le halo de la lampe de chevet, calme et lointaine comme un ange, présente et si proche, comme la femme de chair et de sang qu'il devinait en elle.

Elle leva les yeux vers lui, rencontrant ceux de son compagnon, et le monde cessa d'exister. Elle restait seule sur terre avec Lucas et la passion qu'elle éprouvait pour lui.

— Cynthia ! Cynthia !...

Il murmurait inlassablement son nom, tandis qu'il la déposait doucement sur le lit et s'allongeait auprès d'elle. Il posa ses lèvres sur les siennes et elle répondit à son baiser pendant qu'il faisait doucement glisser ses mains sur son corps assoiffé de son amour.

Elle étendit le bras pour éteindre la lampe, mais il l'arrêta.

— Non, je veux vous voir pendant que je vous déshabille, je veux que vous puissiez lire sur mon visage le plaisir que vous me donnez.

Elle gémit de délice en voyant le bonheur illuminer son regard tandis qu'il dénudait lentement son corps splendide.

— Vous êtes si belle ! murmura-t-il, ébloui, en passant doucement la paume de ses mains sur ses seins.

Et puis les lèvres et les mains savantes de l'homme commencèrent l'exploration de son corps, s'imposant un lent cheminement de ses seins aux endroits les plus secrets, arrachant des soupirs de volupté à la jeune femme. Eperdue, elle commença de déboutonner sa chemise, avide de libérer son torse viril de toute entrave.

Heureux, il la laissait faire. L'un après l'autre, ses vêtements jonchèrent le sol. Quand enfin il n'y eut plus d'obstacle entre elle et le corps mâle et musclé étendu à ses côtés, Cynthia le regarda, émerveillée. Légèrement bronzé, aussi beau qu'un homme peut l'être, il avait conservé la minceur de la jeunesse.

A son tour, elle fit glisser ses doigts sur ses épaules et ses bras, son ventre, ses jambes, comme s'ils étaient un clavier sur lequel résonnaient ses sens. Quant à lui, il savourait pleinement ces instants et répondait à ses caresses par d'autres caresses. Soudain, il l'attira à lui pour s'abreuver encore à la coupe de ses lèvres. Leurs regards se rencontrèrent, plongèrent l'un en l'autre et tout chavira...

Il l'étreignit tandis qu'impatiente elle arquait son corps contre le sien pour mieux le recevoir, enroulait ses bras et ses jambes autour de lui, comme des cordes d'ivoire pour le lier à elle. Ils se rejoignaient en parfaite harmonie, comme deux moitiés d'un même être, emportés par une vague ondulant vers un lointain rivage. Le courant enveloppa Cynthia, l'entraîna dans ses profondeurs puis, la rejetant, la souleva jusqu'au sommet glorieux, brûlant, lyrique, où les limites de l'univers se réduisaient à un seul nom.

— Lucas !

Elle avait crié tout haut, comme dans un sanglot, tandis qu'il explosait dans un tourbillon de plaisir indicible.

Ils reposaient à présent, assouvis, heureux, dans les bras l'un de l'autre, quand un son les ramena à la réalité. Un rossignol lançait dans l'air tranquille son appel plaintif et doux.

— Ecoutez !

La tête au creux du cou de la jeune femme, Lucas écoutait avec elle, détendu et comblé, un chant perlé répondre à l'appel du mâle, prélude à une mélodieuse cour amoureuse.

— Cette sérénade nous est destinée, chuchota Cynthia.

— Ils ne chantent pas, Juliette ; ils applaudissent.

Il lui donna un long baiser, roula de côté et, un bras autour de sa taille, ferma les yeux.

— Vous avez sommeil ? demanda-t-elle.

— Je savoure encore, répondit-il en laissant errer sa main sur son corps avec la légèreté d'un papillon.

Elle refusait de dormir, craignant, si elle se laissait emporter par le sommeil, de se réveiller dans sa chambre de la Villa Rosa ou entre les draps brodés de son lit de cuivre à cinq mille kilomètres de là ; de découvrir que Lucas n'était avec elle qu'en rêve... Elle resta paisiblement étendue à ses côtés jusqu'à l'aube, quand la lumière du jour filtra dans la chambre à travers les rideaux.

Quels seront ses premiers mots à son réveil ? se

demandait-elle. Que répondrai-je ? Il faudrait lui dire que les fantômes avaient disparu, qu'aucun spectre indésirable ne la persécutait plus. A présent elle ne voyait, ne respirait que par lui ; Lucas passé, présent, futur. Un homme. Un tout. Pour l'éternité...

Telles étaient ses pensées quand, finalement, ses paupières se fermèrent et qu'elle glissa dans le sommeil.

Il s'éveilla et, le menton appuyé sur une main, la contempla de cet air tendre, attentif qu'elle aimait tant dans son enfance. Elle ouvrit les yeux.

— J'ai quelques questions à poser, dit-il d'un air faussement solennel en embrassant ses paupières.

— Des questions ?

— Pour commencer, notre présence au Saratoga. Je m'éveille dans un lit inconnu, auprès d'une femme qui, il y a vingt-quatre heures à peine, ne savait pas si elle voulait me garder ou me remettre au F.B.I... Je me pince pour savoir si je ne suis pas en train de rêver et puis, je me souviens. J'ai été enlevé de force sur le coup de minuit. Une fée de l'amour m'a séduit et son carrosse ne s'est pas transformé en citrouille... Tout est bien réel !

— Vous-même aimez tellement faire des surprises, Lucas. Quel effet cela fait-il d'en être la victime, pour une fois ?

Pour toute réponse, il se rapprocha d'elle et taquina doucement ses seins jusqu'à ce que reprennent feu les cendres ardentes. Elle laissa ses mains courir sur son corps, gémit de bonheur en le sentant se lover contre elle et, bientôt, leurs deux corps s'unirent à nouveau, avec le même plaisir, la même passion.

— Pourquoi choisir le Saratoga ? demanda Lucas. Pourquoi pas un hôtel de Los Angeles ?

Pas rasé, vêtu de son jean et de la chemise

84

blanche de la veille, il était assis au bord de la baignoire et la regardait prendre son bain.

— Je préférais que... que cela se passe à distance respectable de vos employés, dit-elle prudemment.

— Quelle importance, puisque nous n'ouvrons pas le dimanche, répondit-il en feignant de ne pas comprendre où elle voulait en venir.

Cynthia le regarda d'un air ironique. La terrasse fermait peut-être ses portes, mais Deana? Il n'y avait pas de week-end pour Mlle Charles, pas une journée vacante, elle l'aurait parié. Du moins pas si le travail concernait Lucas Gallagher.

— Vous avez réussi à nettoyer la cuisine? demanda-t-elle calmement.

— A peu près. Si vous aviez vu l'état d'apocalypse dans lequel elle se trouvait quand je suis arrivé! Henri était complètement affolé, il menaçait de tout planter là. Fort heureusement, Deana veillait à tout. Elle, au moins, a toujours les pieds sur terre!

— Vraiment? s'exclama-t-elle en saisissant la savonnette.

— Deana est une fille très efficace, qui sait garder son sang-froid dans les moments difficiles.

Surtout quand c'est elle qui est à l'origine des difficultés! pensa Cynthia.

— Avez-vous oublié mon odyssée en voiture l'autre après-midi? demanda-t-elle.

— Elle n'avait pas l'intention de vous effrayer. Elle m'a dit hier soir encore combien elle regrettait cet incident. Vous savez, je n'arrive toujours pas à comprendre comment ce satané extincteur a pu se décrocher du mur.

— A mon avis, vous ne résoudrez jamais le mystère, dit-elle d'une voix résignée. A propos de Deana, je voudrais vous demander...

A ce moment, on frappa à la porte. Lucas se leva pour aller ouvrir, tirant derrière lui la porte de la salle de bains ; elle entendit un chariot entrer dans la pièce.

— Le petit déjeuner et votre journal, monsieur. Voulez-vous vous installer dehors pour profiter du soleil ? Je peux vous servir sur la terrasse, si vous le voulez.

— Oui, volontiers.

Un bruit de portes, le chariot traversa la pièce en grinçant, le cliquetis de la porcelaine qui s'entre-choque...

— Voici dix dollars, dit Lucas. Pourriez-vous me trouver un rasoir et de la crème à raser ?

— Certainement, monsieur. Puis-je vous rappeler que la chambre doit être libérée pour treize heures ? Bien entendu, vous pouvez la garder ; il suffit de téléphoner à la réception. Bon appétit, monsieur.

Cynthia s'enfonça dans la baignoire. Son instinct la poussait à bannir Deana de ses pensées. Le moment présent n'appartenait qu'à Lucas et elle, et cette walkyrie omniprésente n'avait pas le droit de s'immiscer entre eux. Lucas détenait toutes les réponses ; quand il serait décidé, il les lui donnerait peut-être ?

— Hum ! fit-il en passant la tête dans l'entre-bâillement de la porte. Bon Voyage souhaite-t-elle essayer le petit déjeuner de l'illustre Saratoga, construit en 1879 par le commodore Nelson A. Riley ?

— J'arrive !

Elle se sécha rapidement et enfila un peignoir en dentelle.

— Comment savez-vous tout cela ? demanda-t-elle.

— Voici l'histoire du Saratoga, dit-il en lui tendant une brochure ; je l'ai trouvée sur la table de nuit. Vous feriez bien de la lire, sinon vous ne pourrez rien fournir de plus à vos lecteurs que vos impressions, très privées, sur la qualité des matelas...

— Oh ! vous savez, les journalistes inventent souvent n'importe quoi, fit-elle avec un geste de la main.

— C'est bien ce que je pensais, répondit-il comme ils s'asseyaient à une table baignée de soleil sur la petite terrasse donnant sur les jardins de l'hôtel. Ecoutez ça ! Il s'agit d'un article...

— Mon Dieu ! Josh... coupa-t-elle.

— Que se passe-t-il ?

— Il a téléphoné trois fois la nuit dernière. Il faut que je le rappelle.

— Plus tard, dit-il en l'obligeant à prendre sa fourchette. Les œufs brouillés requièrent toute votre attention et moi aussi.

Le petit déjeuner terminé, elle appela son patron pendant que Lucas, maintenant en possession d'un rasoir et de crème à raser, occupait la salle de bains.

— Où diable étiez-vous ? demanda Josh d'un ton rageur.

— Au travail, évidemment, répondit-elle. Je suis à Santa Barbara, au Saratoga. La Villa Rosa ne vous a pas donné le numéro ? Je l'ai pourtant laissé à votre intention.

— J'attendais que vous me téléphoniez !

— C'est pourtant ce que je suis en train de faire.

— Bon. Très bien. De Santa Barbara ? Etait-ce prévu dans votre emploi du temps ?

— Voyez-vous, Josh, j'ai récemment découvert un genre d'établissements, hôtels et restaurants, très différents de ceux que nous avons l'habitude de...

— Je me moque de vos nouveaux dadas, coupa-t-il. La mode va et vient ; le style demeure. Vous quittez Los Angeles pour San Francisco dans quatre jours ; j'espère que vous en êtes consciente ?

— Hélas ! oui ! soupira-t-elle en jetant un regard vers la porte de la salle de bains.

— Très bien. Vous savez ce que j'attends de vous ? Travaillez dans ce sens.

— Tant pis pour le journal ! Je crois pourtant que mes découvertes auraient intéressé les lecteurs. À propos, je crois savoir qu'au *Times-Herald* il est du dernier chic de répondre à mon courrier à ma place ?

— Que voulez-vous dire ?

— Vous le savez très bien. Et, si vous l'ignorez, je me ferai un plaisir de vous en fournir la preuve écrite.

— Oh ! vous voulez parler des cartes postales ! Croyez-moi, ma chère, cela ne vaut pas que l'on se mette en colère. Les lettres s'accumulent pendant vos missions et j'ai pris sur moi d'alléger votre tâche. Cela vous déplaît ?

— Plutôt, oui ! déclara-t-elle. L'une de ces cartes a été reçue par l'un de mes amis.

— La loi ne favorise pas également tous les citoyens, dit-il. Il y a toujours des mécontents.

— Peut-être, mais vous signez de mon nom et j'aimerais que vous mettiez un terme à cette formule.

— Je n'apprécie pas du tout le ton sur lequel vous me parlez, répliqua-t-il. Vous êtes en train de critiquer ma façon de faire mon métier et cela, ma très chère Bon Voyage, pourrait bien se retourner contre vous.

Elle savait qu'elle était allée un peu loin, cette fois. Tandis qu'elle cherchait une réponse susceptible de l'apaiser, Lucas, fraîchement rasé, les cheveux encore humides, sortit entièrement nu de la salle de bains, se blottit contre elle et lui murmura dans le cou :

— Il est près d'une heure de l'après-midi, Juliette. Il faut que nous partions. Allez vous habiller.

Les yeux agrandis d'horreur, elle posa un doigt sur sa bouche pour lui faire comprendre qu'il devait se taire. Trop tard !

— Qu'est-ce que c'est que ça ? cria Joshua. Qui est avec vous ?

— Personne, répondit-elle rapidement... trop rapidement. Simplement un chasseur de l'hôtel.

— Pourquoi vous a-t-il appelé Juliette ?

— Vous me connaissez, Josh. Il m'arrive de changer de nom quand je voyage.

A ce moment, Lucas revint vers elle.

— Allez ! Cynthia, dépêchez-vous, dit-il avec un brin d'impatience.

— Il faut vraiment que je vous laisse, dit-elle en lançant au jeune homme un regard venimeux. Je dois libérer la chambre pour...

— Treize heures, coupa Josh. Je l'ai aussi entendu, ma chère.

— Vous auriez pu faire attention ! dit-elle à son compagnon quand elle eut raccroché. Cela risque de me coûter cher.

Devant son irritation, il vint aussitôt à elle.

— Habillez-vous, mon cœur, dit-il tranquillement en l'embrassant sur le front. Je vais vous conduire dans un endroit où Joshua Tremaine ne pourra jamais vous trouver !

7

Un fond de musique douce, le bruissement des pages d'un livre... L'appartement de Lucas respirait la paix et la tranquillité des dimanches, mais Cynthia, assise devant une machine à écrire, ne se sentait pas particulièrement détendue. Brusquement, elle arracha la feuille de la machine et la réduisit en miettes.

— Que se passe-t-il ? demanda Lucas, paisiblement étendu sur le divan de son salon.

Il la regardait d'un air serein, détaché des réalités de ce monde. Comment pouvait-il être aussi calme quand ses nerfs, à elle, se tendaient à craquer ?

— Je n'arrive pas à me concentrer, marmonnat-elle. Je suis en deux endroits à la fois, et des endroits diaboliquement différents.

Il y avait sa rubrique, qu'elle voulait nouvelle et qu'accueilleraient sans doute les foudres de Josh, et puis cet homme qui lui avait révélé les secrets de l'amour et du plaisir, et qu'elle devrait bientôt quitter.

Elle l'aimait depuis toujours avec une intensité

qu'elle croyait intangible, mais qui avait évolué de manière fulgurante. Elle l'aimait à présent comme elle ne l'aurait jamais cru possible. Elle l'aimait. C'était aussi simple, aussi vrai que cela : comme le soleil se lève à l'est, comme le printemps suit l'hiver...

— Continuez à vous concentrer et bientôt les mots viendront d'eux-mêmes, dit-il avec un sourire attendri, avant de reporter son attention sur son livre.

Elle glissa une nouvelle feuille dans le rouleau de la machine. Bien sûr qu'elle y arriverait ! Les mots sont issus du cerveau et elle les en ferait sortir, par force s'il le fallait ! Ils possèdent un certain pouvoir, mais sont revus et corrigés par la raison. Tandis que l'émotion ! Cachée au plus profond du cœur humain, la raison n'a pas de prise sur elle ; elle mène sa vie propre, insensible au chaos et au tumulte qu'elle entraîne dans son sillage.

A contrecœur, elle retourna à sa tâche et les phrases, poussives d'abord, puis rapides et claires, remplirent les pages blanches.

— Je savais bien que vous y arriveriez, dit Lucas un peu plus tard en s'approchant d'elle. Je peux voir ?

— Si vous voulez.

Il parcourut les feuilles posées sur le bureau puis, debout derrière elle, les mains sur ses épaules, lut celle qu'elle était en train de taper.

— C'est bon, Cynthia, excellent, et nous venons seulement de commencer ! Demain, je vous ferai connaître un autre quartier. A propos de demain... savez-vous quel jour nous serons ?

— Non.

— Alors, c'est que votre mémoire est mauvaise, Cynthia Bainbridge !

— Alors, quel jour ? Allons, dites-le-moi ! le taquina-t-elle en se tournant vers lui.

— Demain est le vingt-six.

— Le vingt-six ?

— Mon anniversaire, voyons !

— Quatre mois et cinq jours avant le mien. Comment ai-je pu l'oublier ? dit-elle en entourant sa taille de ses bras. Vous me pardonnez ?

— Jamais !

Riant et se poursuivant comme des enfants, ils roulèrent à terre.

— Et je veux mon cadeau tout de suite, dit-il avant de prendre fougueusement ses lèvres.

Il entreprit alors d'enlever son corsage avec une insupportable lenteur et couvrit ses seins de ses mains, les soumettant à une délicieuse torture qui la fit trembler de plaisir. Elle ferma les yeux, puis les rouvrit, soudain consciente de la force de son désir.

Elle se pencha pour déboutonner sa chemise, fit glisser ses doigts sur la toison brillante de sa poitrine, puis caressa ses cuisses aux muscles puissants à travers le tissu de son jean. Leurs yeux se rencontrèrent et, pendant quelques instants, le temps suspendit son vol. La musique s'arrêta et ils ne perçurent plus que le bruissement des feuilles agitées par la brise. Seules les mains de Lucas semblaient vivantes. Elles effleuraient avec une infinie délicatesse le corps de la jeune femme, la plongeant dans un vertige de volupté.

— Cynthia !

— Oui, Lucas ?

— Aucune femme ne m'a jamais regardé comme ça. Aucune. Jamais.

Elle posa un doigt sur ses lèvres qu'il embrassa tout en la contemplant avec une infinie tendresse. Le moment était venu pour elle de lui avouer son amour...

Le téléphone sonna brusquement, aigre et impérieux. Lucas l'ignora, mais la sonnerie retentit si longtemps qu'il dut se résigner à se lever.

— Eh bien, oui ! J'avoue que vous m'avez

dérangé, Henri, grommela-t-il dans le récepteur. Que se passe-t-il ?

Il écouta, puis se tourna vers Cynthia.

— Henri et Nicole, sa femme, aimeraient que nous allions les rejoindre à Venice Beach. Le coucher de soleil est magnifique et nous pourrions y dîner.

— Je pourrais rendre la voiture de location en passant, dit-elle, hésitante.

— A quelle heure, Henri ? demanda-t-il en regardant sa montre ? Cela veut dire que nous devons partir tout de suite. Oui, certainement ; moi aussi je voudrais que vous fassiez sa connaissance. Attendez ! Si nous voulons être là-bas au coucher du soleil, dit-il en s'adressant à Cynthia, la main posée sur l'émetteur, il faudrait partir immédiatement.

— Que comptez-vous faire ? demanda-t-elle à voix basse.

— Ce sont des gens charmants ; nous devrions y aller.

— Alors, acceptez ! murmura-t-elle, déçue, en remettant son corsage.

— Entendu, dit-il à Henri. Nous serons là dans trois quarts d'heure environ.

Ils arrivèrent à la plage au moment où le soleil déclinait lentement, semblable à un gigantesque ballon orange et menaçant, suspendu dans le ciel.

Henri Laporte les attendait à l'entrée de la plage accompagné de Nicole, sa femme, une petite créature délicate aux cheveux noirs et aux étranges yeux violets, ainsi que de leurs enfants Antoine, huit ans, et Marie, six ans.

— Viens vite, oncle Lucas ! cria Marie dès qu'elle les vit. Vous êtes en retard.

— C'est juste, dit-il en la prenant dans ses bras, à la grande joie de la fillette. Mes excuses, mademoiselle. Tu es la seule femme sur terre que je ne voudrais pas faire attendre.

Il embrassa affectueusement Antoine et serra la main de ses amis.

— Ah! la voici. Vous êtes donc la fameuse Bon Voyage, dit Henri, comme Lucas faisait les présentations. Je comprends maintenant que Lucas vous ait enlevée l'autre nuit avec tant de hâte! Il ne voulait pas vous partager plus longtemps.

— Henri est un modèle de galanterie, murmura Lucas avec bonne humeur en prenant Cynthia par la main. J'ai jeté un coup d'œil sur ce qu'elle a écrit à propos du restaurant, mon vieux. Préparez-vous à rougir quand la copie sortira.

La seule pensée que son nom pourrait paraître dans un journal fit venir le rouge aux joues de l'ancien docker. Ils éclatèrent de rire tandis qu'ils s'engageaient sur le trottoir de planches bordant la plage, parcouru d'une foule colorée de promeneurs extravagants et de paisibles badauds.

Des patineurs à roulettes passaient en un éclair, des jeunes beautés californiennes sommairement vêtues marchaient au rythme des transistors pendus en bandoulière à leurs épaules dorées, des couples âgés se reposaient sur des bancs, ou se faufilaient entre les jeunes. Il y avait là tant de gens que Cynthia, toujours cramponnée à la main de Lucas, s'inquiéta pour Antoine et Marie, maintenant hors de vue.

— Rassurez-vous, je sais où les retrouver, assura Nicole d'un ton apaisant. Mes enfants sont en adoration devant les athlètes.

Ils se dirigèrent vers une sorte de ring cerné de cordes où une bonne vingtaine d'hommes aux muscles hypertrophiés, comme huilés de transpiration, soulevaient des poids et des haltères et accomplissaient toutes sortes de prouesses sous les applaudissements de la foule. Comme l'avait deviné Nicole, les deux enfants étaient là, au premier rang, et regardaient, les yeux agrandis, la bouche ouverte.

— C'est formidable, hein ! dit Lucas avec un clin d'œil vers Henri. Qu'en pensez-vous ? Je me demande si ces dames s'intéresseraient davantage à nous, si...

— Quelle horreur ! s'écrièrent en chœur Cynthia et Nicole.

Ils passèrent devant des vendeurs, installés des deux côtés de la promenade, qui offraient une bimbeloterie hétéroclite : poteries peintes à la main, bijoux, aquarelles, maillots de bain, jouets de plastique, derniers gadgets à la mode.

— J'espère que vous utiliserez tout cela pour vos articles, dit Lucas en désignant le spectacle permanent de Venice.

— Oui, certainement... Et Josh aussi, mais pour me mettre plus sûrement au rancart.

— Mais c'est... comment dire... ce que vous appelez un « scoop », non ? Vous assistez à la naissance d'une civilisation nouvelle... peut-être.

— Vous ne comprenez toujours pas, Lucas. Pour Josh, le meilleur « scoop » consiste à savoir que le caviar est arrivé dans la journée par avion. D'ailleurs, cela n'a pas d'importance, ajouta-t-elle rapidement. Pour le moment, je ne crains rien.

— Que s'est-il donc produit depuis ce matin ?

— Votre stratégie, dit-elle en riant. Le mauvais caractère de Josh, ses menaces, son chantage... Pour le moment, je suis hors d'atteinte. En sécurité, enfin...

— Vous l'êtes, n'en doutez pas un instant, affirma-t-il en lui caressant la joue.

— Cynthia, regardez ! s'écria Nicole en désignant la tente d'un diseur de bonne aventure, abondamment ornée de signes astrologiques et de symboles occultes.

Fait troublant, l'intermédiaire avec l'au-delà ne ressemblait nullement à une gitane avec sa boule de cristal, mais c'était un jeune homme correctement vêtu, au visage agréable, le nez chaussé de lunettes de soleil.

— Entrez, mesdames, si vous voulez savoir ce que vous réserve l'avenir, récita-t-il quand il les aperçut. Dix dollars la consultation.

Lucas et Henri échangèrent un regard désapprobateur.

— Sottises ! murmura Lucas. La seule chose que ce garçon semble capable de lire est le cours de la Bourse.

— Venez, Nicole, dit Cynthia en prenant le bras de la Française. Les sceptiques peuvent attendre ici avec les enfants.

Elle suivit le mage dans son sanctuaire éclairé aux chandelles, parfumé à l'encens. Quand il s'assit derrière son bureau et retira ses lunettes, elle constata que ses yeux étaient de couleur différente, l'un bleu clair, l'autre brun pailleté... des yeux vairons.

— Asseyez-vous, je vous prie, dit-il en indiquant à Cynthia la chaise en face de lui. Bien ! Maintenant, posez vos mains sur le bureau, les paumes en l'air. Détendez-vous ! Laissez l'énergie circuler. Voilà ! Excellent !

Il posa ses mains sur celles de la jeune femme et ne quitta plus son visage des yeux.

— Respirez profondément, continua-t-il. Encore, s'il vous plaît. Restez avec moi. Ne me quittez surtout pas des yeux. Nous allons faire le voyage ensemble.

Immobile, le regard fixe, le voyant n'était plus qu'un bloc de muscles immobiles. Toute vie semblait l'avoir quitté. Un étrange silence régnait dans la pièce. Cynthia attendait, comme envoûtée.

— Pourquoi n'avez-vous pas confiance ? dit-il enfin d'une voix basse, presque bourrue. Les oiseaux sont revenus ; vous avez entendu leur chant et vous ne croyez toujours pas.

Cynthia le regarda d'un œil soupçonneux et faillit

lui parler, mais se ravisa ; dans la transe profonde, le mage ne l'entendrait pas. Il semblait être à des années-lumière de là...

— Vous avez été avertie, fit-il d'un ton de reproche. Vous savez.

— Que voulez-vous dire ? Je ne comprends pas.

— Vous avez été avertie, répéta-t-il sur le même ton en portant une main à son visage.

Il portait une bague, grande et carrée, une topaze enchâssée d'or qui reflétait des éclats de lumière ; dans l'esprit troublé de Cynthia, la bague disparut, au profit d'une autre qui ornait, il y a très longtemps, le doigt d'une femme brune, grasse, vêtue d'une sorte de sari. C'était l'été et elle avait dix-huit ans...

— Le cercle est brisé, mon petit, disait la femme d'une voix douce. C'est ce que je vois. L'amour est parti.

L'odeur de pop-corn et de barbe à papa saturait l'air de la petite tente étouffante située dans un coin tranquille de la foire annuelle de New Hope. Les vaches meuglaient, les poules caquetaient, le matériel agricole à la pointe de la technique s'alignait en longues rangées sous un implacable ciel sans nuages. Cynthia, qui s'était réfugiée dans la tente comme dans une oasis, fronça les sourcils aux paroles de la femme.

— Ce n'est pas vrai, dit-elle. Ce n'est pas possible.

— Quel âge avez-vous, mon petit ?

— Je suis assez âgée pour comprendre, répondit la jeune fille sur le ton rogue des jeunes gens furieux de s'entendre dire qu'ils n'ont aucune expérience.

— Alors, vous comprenez que le temps ne se mesure ni en jours, ni en années, dit la femme en souriant. Pour le moment, l'amour n'est pas de votre côté, mais ne vous tracassez pas car il reviendra. Un jour, le cercle sera à nouveau fermé. Complet.

— Mais... comment le saurai-je ? demanda Cynthia, un peu rassurée par la promesse que la perte de son amour n'était que temporaire.

— Les oiseaux s'en vont et reviennent, dit l'inconnue en ouvrant les bras. Ils ne se demandent pas pourquoi, ni quelle route ils suivront. Les lois de la nature les protègent et leur indiquent le chemin. C'est la même chose pour l'amour. De même qu'un beau matin de printemps vous entendez la voix du rouge-gorge, une nuit le rossignol, vous connaîtrez encore l'amour.

— Je voudrais en savoir plus, insista Cynthia. Y aura-t-il un signe ?

— Ecoutez la chanson, mon petit. Ecoutez-la avec votre cœur, dit la femme en posant sa main brune sur la sienne.

Le visage de la gitane disparut du souvenir de Cynthia qui revint à elle devant les mains jeunes et blanches posées sur ses paumes.

— Comment pouviez-vous savoir, pour la gitane ? demanda-t-elle, stupéfaite.

— Je l'ignorais, mais vous me l'avez dit. Pas en paroles, bien sûr ; j'ai simplement capté votre message.

— Je ne m'en souvenais même pas. C'est votre bague qui me l'a rappelé.

Son jeune visage ébaucha un sourire.

— Vous en savez plus que nous ne le croyez. Ayez confiance en ce qu'elle vous a dit. Vous avez entendu la chanson.

— Venez par ici !

Cynthia lança un regard furtif vers Lucas et Nicole assis à une table avec Antoine et Marie, et suivit Henri vers une large baie qui donnait accès à la cuisine du restaurant.

— Vous voyez ? Ici, on cuit en toute saison sur du charbon de bois.

Ils regardèrent un long moment le foyer couvert de viandes et de poissons qui grésillaient sur la braise.

— Savez-vous que c'est demain l'anniversaire de Lucas ? demanda tout à coup Henri.

— Oui, il a pris grand soin de me le rappeler !

— Deana et moi avons préparé un dîner spécial à La Terrasse à son insu. Il faut que ce soit... comment dire...

— Une surprise-partie.

— Oui, la surprise doit être complète. Deana s'est même arrangée pour faire venir la mère de Lucas.

— Enid ? Magnifique ! s'exclama-t-elle en battant des mains. Je ne l'ai pas vue depuis des années. Quand lui et moi étions enfants, sa mère travaillait pour ma famille.

— Oui, c'était votre cuisinière, je sais, et c'est ainsi que vous vous êtes connus. Il m'a raconté... Alors, c'est entendu ; soyez là à dix-neuf heures trente pile !

Ils retournaient vers la table quand une pensée heurta l'esprit de Cynthia.

— Deana sait-elle que je serai de la fête ?

— Oui, je lui en ai parlé ce matin. Nous craignions que Lucas et vous n'alliez dîner quelque part ailleurs demain soir. Votre arrivée a bouleversé ses habitudes.

Comme elle le regardait d'un air inquiet, il lui toucha légèrement le bras.

— Ne vous en faites pas, madame. J'ai donné à Deana un avertissement formel. Ce qui s'est passé hier soir ne se reproduira plus.

— Il n'y a rien pour moi, George ? demanda Cynthia au réceptionniste en arrivant à la Villa Rosa.

— Non, mademoiselle Bainbridge, mais Connie, la standardiste, a dit qu'une femme a essayé de vous joindre ce matin. C'était une communication locale. Elle l'a harcelée pour obtenir le numéro que vous nous aviez laissé et a raccroché brutalement quand celle-ci a refusé de le lui donner. Vous avez dit que seul le monsieur qui appelle de Washington...

— M. Tremaine, c'est exact, George, dit-elle lentement. Je ne vois pas qui peut bien être cette femme. Si elle a besoin de me joindre, elle rappellera.

Auprès d'elle, Lucas s'était raidi.

— Pourquoi Deana vous téléphonerait-elle ? demanda-t-il tandis qu'ils se dirigeaient vers l'ascenseur. Car c'est elle qui a appelé. Ce ne peut être qu'elle. A moins que vous ne connaissiez quelqu'un d'autre à Los Angeles ?

— Je ne connais que vous, répondit-elle en entrant dans l'ascenseur vide.

Il ne l'y suivit pas, mais s'appuya contre la porte automatique pour la bloquer. Cynthia avança la main pour prendre la sienne.

— Ça n'a pas d'importance, dit-elle. Peut-être voulait-elle s'excuser à nouveau pour l'autre jour.

— Elle l'a déjà fait, répondit-il. Elle n'est pas du genre à avoir des remords et ne s'excuse jamais deux fois.

Il attira la jeune femme contre lui et posa ses lèvres sur sa main.

— Je vais lui parler, dit-il finalement, et pas plus tard que ce soir. Je ne veux plus qu'elle vous importune.

— Vous êtes seul juge, Lucas.

Il la prit dans ses bras et ils échangèrent un long baiser passionné.

— Bonne nuit, Juliette. Je vous téléphonerai demain matin, dit-il en s'en allant.

Elle faillit lui crier de rester mais, se ressaisissant, elle laissa la porte de l'ascenseur se refermer et celui-ci monter à son étage. Elle devenait déraisonnable... A présent qu'ils s'étaient retrouvés, Lucas Gallagher ne disparaîtrait plus de sa vie. Le jeune voyant à la topaze ne lui avait-il pas confirmé que les oiseaux étaient revenus ? Et le comportement de Lucas n'en fournissait-il pas une preuve suffisamment éloquente ?

Avant de se mettre au lit, elle se regarda dans le miroir. La femme qui lui souriait semblait épanouie, réconciliée avec elle-même, presque heureuse... Elle avait entendu la chanson, et le dernier son qu'elle perçut avant de s'endormir fut un chœur d'oiseaux emplissant l'air de leur chant mélodieux.

8

— Les affaires languissent aujourd'hui ; personne n'est encore installé sur la terrasse, murmura Lucas comme ils remontaient, enlacés, le sentier dallé. Pourquoi avez-vous insisté pour que nous venions à La terrasse aux étoiles ?

Cynthia regarda sa montre. Il était exactement sept heures et demie.

— Ainsi que je vous l'ai dit, l'anniversaire se fête au milieu d'amis.

— J'aimerais assez quelques clients supplémentaires pour faire bonne mesure, grommela-t-il.

— Allons voir, il y a peut-être quelqu'un à l'intérieur ?

Avant qu'il pût répondre, la porte s'ouvrit toute grande.

— Surprise !

Une femme âgée se détacha du groupe de personnes aux visages réjouis qui se tenaient là et courut, les bras ouverts, vers Lucas.

— Bon anniversaire, mon chéri, dit Enid Dozier, rayonnante, à son fils tout ébahi.

Une vie nouvelle avait transformé Enid. Elle n'avait plus rien de la femme efflanquée, fatiguée, aux yeux tristes, dont Cynthia se souvenait. Aujourd'hui, elle offrait l'image d'une femme rondelette, aux joues roses, aux cheveux blancs coupés court ; le plus surprenant était son regard qui, maintenant, brillait de la même ardeur que celui de son fils. La jeune femme regardait, agréablement surprise.

— Ma chère Cynthia ! s'exclama Enid, les larmes aux yeux, en la serrant contre son cœur. Quelle merveilleuse surprise ! Vous revoir après tant d'années ! Laissez-moi vous admirer.

Elle tenait Cynthia à bout de bras, la contemplant dans son ensemble vert d'eau et son corsage de soie rose thé, le rang de perles de ses vingt et un ans autour du cou gracieux.

— Vous êtes superbe, dit-elle, mais cela n'a rien d'étonnant. Vous étiez déjà si jolie étant enfant... Et mon fils s'en rendait compte, ajouta-t-elle en s'adressant à la cantonade. Elle a été son grand amour de jeunesse.

Précédés de Lucas, dont le visage rayonnait de joie, ils entrèrent dans la salle à manger où se dressait une longue table recouverte d'une nappe d'une blancheur immaculée, régulièrement ornée de bouquets de fleurs blanches. Des branches de forsythia donnaient une légère touche de couleur au bar. Enid et Cynthia à ses côtés, Lucas accomplit ses devoirs d'hôte, présentant les invités les uns aux autres avant qu'Henri vînt annoncer que le dîner était prêt.

La jeune femme à son bras, Lucas à l'autre, Enid se dirigea vers le bout de la table.

— Mon fils et ma fille, déclara-t-elle, je vous veux tous les deux à mes côtés.

Le repas commença par un onctueux velouté au cresson, suivi d'un bar au bleu accompagné d'un vin blanc spirituel et frais.

— Mon Dieu! Lucas, qu'y a-t-il encore? demanda Cynthia après le poisson.

En effet, les garçons revenaient de la cuisine portant à bout de bras le plat de résistance sur un plateau d'argent.

— Je vous ai dit que La Terrasse aux étoiles était réputée pour la simplicité de sa cuisine, vous vous en souvenez?

— Oui!

— Eh bien! aujourd'hui est l'exception qui confirme la règle. Henri a fait une incursion au dix-septième siècle. Ce soir, il est l'illustre chef des cuisines de Versailles.

— Et je suppose que vous êtes le Roi-Soleil?

— Louis tout court pour vous, madame!

Cynthia éclata de rire et son regard accrocha celui de Deana qui la dévisageait de ses yeux aussi gris et froids qu'un ciel couvert.

— Quand comptez-vous quitter Los Angeles? demanda celle-ci d'une voix douce en posant une main possessive sur l'épaule de Lucas.

— Dans trois jours, répondit la journaliste.

Les garçons commençaient à servir l'extraordinaire pièce de viande préparée par Henri, un mignon de bœuf en croûte, accompagné de pommes dauphine craquantes et légères.

— Quel dommage! soupira la splendeur blonde qui ne put réprimer un sourire de satisfaction. Les gens passent, viennent et s'en vont, créent un changement de rythme. Puis La terrasse retrouve son calme, s'apaise, retourne à ses habitudes... N'est-ce pas Lucas?

— Ce n'est pas très gentil pour Cynthia et moi! protesta Enid. Nous venons tout juste de nous retrouver! Il faudrait qu'elle reste plus longtemps. Dis-lui, toi, Lucas!

— Tu oublies que Cynthia n'est plus une enfant et qu'elle a une profession exigeante, maman, dit-il doucement. J'ai réussi à la faire venir en usant de ruses de Sioux, mais je peux difficilement recommencer. A moins de la mettre aux fers...

Enid semblait déconcertée, tandis que Deana affichait un air triomphant. Cynthia retint son souffle.

— Cependant, poursuivit-il, cela ne veut pas dire non plus qu'elle soit libre. Ne t'inquiète pas, maman. Il m'a fallu quatorze ans pour la retrouver après l'avoir perdue une première fois. Je n'ai pas l'intention de la laisser filer. Mais alors, pas du tout !

Il avait enfin parlé ! Le cœur débordant de tendresse, Cynthia crut comprendre qu'il ne parlait pas de leur amour au passé mais, au contraire, faisait allusion à tout l'amour à venir, neuf et flamboyant, bien différent de leur passion d'autrefois. Un amour solide et fort, sans peur, sans honte et sans obstacles... Lucas ne la laisserait pas partir ! Comment et quand il le lui ferait savoir de façon certaine ? Elle ne le savait. Par quels moyens juridiques elle pourrait se libérer de Joshua Tremaine et du contrat que la liait au *Times-Herald* ? Elle l'ignorait. Et s'en moquait. Mais l'amour avait parlé. Les mots de Lucas prenaient valeur de promesse tacite et quand, le moment venu, il la tiendrait, le reste de leur vie ne suffirait pas à apaiser leur faim réciproque.

Quelqu'un lui versa un verre de vin qu'elle porta à ses lèvres et ses yeux brillants de passion rencontrèrent ceux de l'homme qu'elle aimait et lui transmirent leur message.

Le visage rayonnant, Enid savourait son mignon de bœuf, tandis que Deana regardait fixement la lame de son couteau, le visage brusquement figé... mais personne ne sembla s'en apercevoir.

Un plat suivait l'autre, un verre un autre verre. Une salade d'endives assaisonnée d'une sauce légère au vinaigre de framboises précéda le plateau de fromages. Le champagne coulait à flots quand on apporta le dessert, une magnifique Reine de Saba, gâteau à la liqueur et au chocolat, que surmontait une seule et unique bougie posée par Henri sans doute... Car, Lucas eut beau souffler, la petite flamme refusa de s'éteindre, au grand fou rire des invités.

Rassasiés, ceux-ci se levèrent de table. Momentanément séparée du maître de maison qui faisait visiter La terrasse à sa mère, Cynthia se trouva soudain seule avec Deana. Durant la soirée, elle n'avait pas eu le temps de beaucoup s'intéresser à la grande femme blonde, très élégante dans son pantalon et sa tunique de satin gris. Cette dernière ne fit aucune allusion à ses coups de fil répétés de la veille et Cynthia n'y pensait plus... La déclaration de Lucas et l'affectueux enthousiasme d'Enid à son égard gommaient Deana des craintes de la jeune femme. Désormais, elle ne la considérait ni comme une alliée ni comme une ennemie, mais comme une créature étrange, mi-fée, mi-humaine, destinée, en raison de son extraordinaire beauté, à devenir l'attraction de La terrasse aux étoiles, sa magnifique vedette, la figure de proue d'un navire. Mais hélas ! les navigateurs se soucient peu des ornements de leur bâtiment lorsque surgissent la tempête ou le combat ! Combien de temps resterait-elle à La terrasse après avoir perdu Lucas ?

— Merveilleuse soirée, n'est-ce pas ? commença poliment Cynthia. Le dîner était vraiment une réussite.

Bien qu'elle ne se sentît plus menacée, elle éprouva une sorte de malaise diffus...

Deana la regarda fixement, glaciale et hautaine.

— Lucas et moi sommes ensemble depuis des années, commença-t-elle sans préambule. Je sais parfaitement ce qu'il aime, je connais ses goûts sur le bout des doigts.

— Deana... Ce n'est ni le moment, ni le lieu ! Je ne pense pas que nous devrions...

— Vous avez raison, convint celle-ci en se levant avec dignité. En outre, qui sait ce qui se produira dans une minute, dans une heure ? La vie est si riche en événements inattendus. C'en est fascinant ! Un regard est lancé, une promesse faite, l'avenir semble assuré... et puis pffuit ! fit-elle avec un geste de la main, nous découvrons que ce que nous avons entendu ne traduisait pas la pensée de l'autre. Seule notre oreille complaisante a cru saisir un message...

Cynthia se sentit rougir de colère. A la fois ange et démon, la très belle Deana commençait à lui porter sur les nerfs !... Non qu'elle la détestât ou lui en voulût réellement, mais la façon de se comporter de cette ravissante sorcière ravivait sa méfiance. Qu'é-tait-elle encore en train de mijoter ?

— Si vous connaissiez vraiment Lucas, dit froidement Cynthia, vous sauriez qu'il pense chaque mot qu'il prononce. Notre histoire remonte à des années. Lui et moi avons un passé.

— Peut-être, mais avez-vous un avenir ?

— J'en suis sûre ! Nous avons le passé, le présent et l'avenir. Une ligne droite que rien ni personne n'a le pouvoir de briser.

— Nous verrons, répondit Deana avec un sourire confiant. Je monterai la garde nuit et jour.

— Vous comptez donc rester à La terrasse aux étoiles ?

— Naturellement ! Pourquoi devrais-je partir ? Le restaurant m'appartient autant qu'à Lucas.

— Que voulez-vous dire ? La terrasse est l'œuvre de Lucas.

— A moitié seulement, répondit Deana avec un sourire nonchalant. L'autre est à moi. Votre cher bien-aimé ne vous l'a pas dit ? Je croyais que vous le saviez. Lui et moi sommes associés.

Pourquoi avait-il gardé le silence à ce propos ? Pourquoi elle-même ne l'avait-elle pas deviné ? Les deux questions se bousculaient dans l'esprit de

Cynthia, remettant tout en cause. Le contrôle qu'exerçait Deana sur les affaires quotidiennes de l'établissement, l'habileté consommée et l'assurance avec laquelle elle tenait sa place auprès de Lucas... Ses fonctions ne commençaient ni ne finissaient avec une feuille de paie mensuelle... Cynthia hocha la tête. Elle aurait dû comprendre que cette bouleversante beauté dont le physique valait une fortune n'accepterait pas de travailler sans participer aux bénéfices. Ainsi, Lucas et elle étaient associés. Leur contrat les liaient-ils de manière autre que professionnelle ? Ou bien une intimité de tous les instants les avait-elle amenés à...

Cynthia se dirigea vers la porte. Non, décidément, le passé ne se portait pas garant du futur ! Hier était bien mort et, comme l'avait fait remarquer sa rivale, demain était en équilibre sur un fil.

— Je voudrais vous parler, annonça Cynthia d'une voix forte en s'approchant des deux personnes penchées au-dessus d'une plantation dans un coin du jardin.

Surpris, Henri et Enid se tournèrent vers elle.

— Vous m'avez fait peur, dit la vieille dame en sursautant, la main sur le cœur. Avez-vous vu le jardin potager ? Henri est en train de me le montrer. Des carrés de menthe, d'estragon, d'aneth, de romarin, cueillis tout frais chaque après-midi. Vous vous rendez compte ? Rien d'étonnant à ce que ce restaurant ait autant de succès. Mon fils pense à tout.

— Où est-il ?

— Je l'ai envoyé à la cuisine me chercher un verre d'eau. J'ai tant parlé ce soir que j'ai la gorge sèche. Vous l'y trouverez sans doute.

Sans un mot, la jeune femme quitta le jardin et rentra dans la maison. La cuisine débordait de vaisselle sale attendant de passer à la machine. L'évier, les tables de travail, étaient couverts des reliefs du somptueux repas de tout à l'heure. Un employé en pleine activité s'efforçait de mettre un peu d'ordre dans ce chaos.

— Je cherche M. Gallagher, lui dit Cynthia d'un ton cassant.

— Il est là, dit-il en indiquant la réserve à l'extrémité de la cuisine. Mlle Charles est avec lui.

— Tant mieux !

Elle traversa la pièce d'un pas décidé et s'apprêtait à pousser la porte entrouverte de la réserve, quand elle surprit l'écho d'une conversation.

— Combien de temps cela va-t-il encore durer ? demandait Deana. Nous avons l'article noir sur blanc comme vous dites ; c'est tout ce que nous voulions. Nous n'avons plus besoin de cette satanée journaliste !

— Vous n'avez plus besoin d'elle, Deana.

— Auriez-vous perdu la mémoire ? protestat-elle. C'était notre plan, vous vous en souvenez ? Une fille que vous avez connue il y a des siècles. Maintenant, grâce à son papier elle a le pouvoir de doubler, voire de tripler notre chiffre d'affaires. Vous rappelez-vous de ce que vous disiez alors ? Bon Voyage est une publicité gratuite et je ferais n'importe quoi pour l'avoir de notre côté. Ce sont exactement vos paroles.

— Peut-être, mais c'était avant, répondit-il posément.

— Nous avons réussi ; nous l'avons fait venir ici, n'est-ce pas ? Nous l'avons nourrie, fêtée, et vous-même êtes allé au-delà des limites...

Rivée au sol, Cynthia aurait voulu fuir mais ne pouvait esquisser le moindre geste.

— Je comprends, chéri, poursuivait sa rivale. Vous avez fait ce que vous deviez faire, pour nous, pour La Terrasse aux étoiles. J'aurais été jusque-là également, si le cas s'était présenté, c'est pourquoi je vous pardonne.

— Les choses ne sont plus ce qu'elles étaient,

répondit Lucas d'une voix cassante. J'ai changé...
Ma vie est bouleversée.

— Vous et moi formons une équipe, répliqua
fermement Deana. Cynthia, New Hope, même votre
mère, appartiennent au passé. Vous ne pouvez
revenir en arrière. C'est moi votre famille désormais et La Terrasse est notre enfant... Je suis une
âme généreuse, mon amour, ajouta-t-elle après une
pause, et je veux bien fermer les yeux sur cette
parodie d'amourette jusqu'à ce que Cynthia et
votre mère aient vidé les lieux avec leurs illusions.
Mais ne me poussez pas à bout. J'ai déjà dit à cette
fille...

— Quoi, Deana? Que lui avez-vous dit? Quand?
Pourquoi avez-vous téléphoné hier à la Villa Rosa?
J'ai couru jusque chez vous hier soir pour le savoir,
mais vous n'avez pas daigné m'ouvrir. Qu'essayez-
vous de faire? Qu'avez-vous déjà fait?

— Ne m'abandonnez pas, Lucas, supplia Deana.
Je ne supporterais pas de vous perdre. Aphrodite!
N'est-ce pas ainsi que vous m'appelez quand nous
faisons l'amour? Venez vers la déesse de la beauté,
mon chéri, donnez-lui encore et encore la preuve de
votre adoration... Non, attendez, laissez-la venir à
vous.

Cynthia ouvrit violemment la porte qui heurta le
mur avec un bruit sourd. Deux visages étonnés aux
lèvres jointes se séparèrent, comme frappés par la
foudre.

— Votre mère attend son verre d'eau, Lucas,
annonça Cynthia d'une voix glaciale.

— Cynthia, ce n'est pas ce que vous...
commença-t-il en se précipitant vers elle, les bras
ouverts.

— Ne gaspillez pas votre salive en discours
inutiles, coupa-t-elle d'une voix indifférente. Je sais
ce que je voulais savoir.

Va-t'en, Cynthia, se dit-elle, va-t'en vite! Immédiatement, elle traversa la salle à manger d'un pas

110

rapide, le menton haut, apparemment impassible...
Mais, déjà, il l'avait rejointe.

— Ecoutez-moi ! implora-t-il. Ne partez pas !

— N'avons-nous pas déjà joué cette scène ? Souvenez-vous... Cynthia kidnappée, fuyant pour sauver sa vie et s'apercevant que vous, Lucas, vous la poursuiviez. Et puis votre irrésistible numéro de charme pour convaincre cette pauvre idiote de journaliste ! Une nouvelle plaisanterie du genre de celle de l'aéroport ?

— Allez m'attendre dans la voiture.

— Attendre quoi ? Des excuses ? Je les connais déjà. Une petite promenade jusqu'à la Villa Rosa dans votre jolie voiture de sport ? Je préférerais m'y traîner sur les genoux plutôt que de faire un kilomètre avec vous.

Elle se libéra brutalement, traversa la terrasse et dévala les marches avant de se retourner pour le dévisager une dernière fois.

— Menteur ! cria-t-elle. Vous avez menti et je hais les menteurs.

— Est-ce vous, Cynthia ? demanda Enid qui se dirigeait vers eux. J'attends toujours mon verre d'eau. Avez-vous trouvé Lucas ?

— Je suis là, annonça-t-il.

— Il en faut du temps pour obtenir un simple verre d'eau, dit la vieille dame d'un ton de reproche. Va vite le chercher ; je t'attendrai ici en compagnie de Cynthia.

Elle remarqua enfin leurs visages.

— Mon Dieu ! Qu'est-il arrivé ?

— Lucas aura tout le temps de vous le raconter, répondit Cynthia. Au revoir, Enid. Je regrette vraiment que notre rencontre ait été aussi brève.

— Que lui as-tu dit, mon Dieu ! cria Enid qui éclata en sanglots en voyant la jeune femme s'éloigner en courant.

Elle approchait de la cabine téléphonique d'un poste d'essence d'où elle comptait appeler un taxi, quand la MG s'arrêta auprès d'elle. Lucas se pencha pour ouvrir la portière.

— Je vous ai amenée à La terrasse, je vous reconduirai à votre hôtel, déclara-t-il d'un ton qui ne souffrait pas le refus.

— Fichez le camp ! cria-t-elle sans se retourner.

— Je vous en prie, Cynthia. Montez ou je vous embarque de force.

— Vous en seriez bien capable.

Les mâchoires serrées, elle monta dans la voiture dont elle claqua la portière.

— Si jamais vous osez ouvrir la bouche pour inventer un nouveau mensonge, je me jette dehors, peu importe la vitesse ou l'endroit. Compris ?

— J'ai quelque chose à dire et vous allez m'écouter.

— Vous entendre, peut-être ; quant à vous écouter, sûrement pas !

— Commençons par Deana, continua-t-il, éludant sa réponse. Elle est mon associée en affaires, mais elle ne partage nullement ma vie. C'est la vérité, en dépit de ce qu'elle a pu prétendre ou de ce que vous croyez certainement. Nous avons été amants autrefois, mais c'est terminé depuis longtemps.

— Je vous ai vus ensemble.

— Vous avez surtout vu Deana dans son grand numéro de vamp fatale !

— Vous ne lui avez pas résisté longtemps ! Aphrodite ! lança-t-elle d'un ton dédaigneux.

— Je vous aurais volontiers tout avoué, dit-il comme ils approchaient de la Villa Rosa, mais j'avais besoin d'un peu de temps. Après cette folle randonnée de l'aéroport, je craignais...

— Vous craigniez surtout de ne pas obtenir l'article mirobolant que vous espériez, alors vous avez joué les amoureux transis, pour faire bonne mesure.

— C'est faux ! cria-t-il. Croyez-moi, Cynthia, après vous avoir revue quelques minutes à peine, je me moquais pas mal de Bon Voyage. Bien sûr, j'avais besoin de votre publicité, mais c'est vous seule que je voulais. Et puis, à Santa Barbara...

— Je vous défends de parler du Saratoga ! Il ne s'est rien passé, vous entendez ? cria-t-elle. Nous ne nous sommes jamais donnés l'un à l'autre. Vous n'étiez même pas là. Quelqu'un d'autre était là à votre place cette nuit-là, Lucas Gallagher, un autre en qui j'avais confiance. Pas vous !

— Cette nuit-là, j'ai su que je vous aimais, murmura-t-il. J'ai possédé beaucoup de femmes dans ma vie, mais jamais je n'ai ressenti...

— Je ne vous crois pas !

Il ferma les yeux un bref instant, comme si sa force de conviction l'abandonnait, et crispa les mains sur le volant.

— Cette crainte, ce refus, cette méfiance qui sont en vous, je les avais, moi aussi. Ma femme... Je voudrais vous parler de Catherine. J'ai toujours eu honte d'évoquer ce mariage devant qui que ce soit.

Comme ils arrivaient dans le parking de l'hôtel, elle ouvrit la portière avant même que la voiture fût arrêtée.

— Je ne veux plus jamais vous voir, ni vous, ni votre restaurant ! jeta-t-elle en courant vers l'entrée de l'hôtel.

— Arrêtez, Juliette ! dit-il en la poursuivant jusqu'en haut des marches. Ce que je vous ai dit ce soir est vrai. Je vous aime et je ne vous laisserai pas partir. Aussi loin que vous irez, j'irai aussi. Je vous suivrai partout.

Le visage contracté de colère, elle se retourna brusquement vers lui, les yeux brillants :

— Aimer ? Vous ignorez le sens de ce mot, perdu dans vos mensonges ! Quelque part là-haut, ma mère doit être fière de sa revanche... Elle avait raison à votre sujet. Vous ne l'avez pas trompée un instant, elle !

— Oui, elle savait, dit-il tranquillement en la prenant par les épaules et en posant ses lèvres sur les siennes. Elle savait combien je vous aimais déjà.

Cynthia se dégagea violemment, s'essuya les lèvres d'un revers de main, courut vers le hall, les poings serrés.

— Oh ! Laissez-moi tranquille, à la fin !

— Magnifique, mes enfants ! s'exclama en applaudissant un homme élégant qui sortit de l'ombre. L'émotion était si réelle, si primitive ! C'était tout simplement splendide !

— Qui diable êtes-vous ? demanda Lucas, furieux.

— Moi ? Mais je suis l'employeur de cette dame, celui qui signe ses chèques, le guide de son inspiration, son gourou, son mentor et, à l'occasion, quand je détecte une présence indésirable, sa duègne. Qui êtes-vous, si je puis me permettre de le demander ?

Stupéfaite, Cynthia se tenait entre eux comme un enjeu.

— Lucas Gallagher. Joshua Tremaine, dit-elle en guise de présentation. Que faites-vous ici, Josh ?

— Je veille à vos intérêts, bien entendu. C'est le Lucas Gallagher dont vous parliez ? demanda-t-il en le désignant. Je vous croyais pourtant bons amis ?

— J'ai dit ça ? répondit-elle en lançant à Lucas un regard venimeux. Je me suis trompée, Josh, lourdement trompée.

— Dieu merci ! dit Josh en lui prenant gentiment le bras. J'ai cru que vous aviez complètement perdu la tête.

— Je l'ai effectivement perdue pendant quelques jours, mais je viens de la retrouver, déclara-t-elle simplement. Joyeux anniversaire ! ajouta-t-elle en regardant Lucas d'un air écœuré. J'espère que votre surprise-partie aura été aussi riche en révélations pour vous que pour moi !

Elle monta avec Joshua Tremaine les marches qui conduisaient à la Villa Rosa, laissant Lucas seul dans l'obscurité.

— Je jure que je n'abandonnerai pas, Cynthia ! cria-t-il d'un air sinistre. Je ne vous laisserai jamais partir !

9

Cynthia et Josh quittèrent Los Angeles pour San Francisco le lendemain matin. Tandis que l'avion roulait sur la piste d'envol, décollait et prenait rapidement de l'altitude, le directeur du *Times-Herald* examinait sa protégée avec une sollicitude sincère, presque tendre. Elle avait l'air si misérable, ainsi effondrée sur son siège, les lèvres tremblantes, les yeux encore rougis et gonflés par une nuit de larmes et de ressentiment.

— Prenez donc le siège près du hublot, ma chère, dit Josh quand ils purent enfin détacher leurs ceintures. Le spectacle des nuages vous apaisera.

Sans un mot, elle changea docilement de place et, le visage appuyé contre la vitre, laissa son regard errer mélancoliquement sur les vastes champs de nuages.

— Et maintenant, parlons travail, continua-t-il en se frottant les mains d'un air satisfait.

— Je n'ai pas fait ce que vous m'avez demandé, murmura-t-elle tristement.

— Cela n'a pas d'importance, répondit-il en lui

tapotant la main. Vous avez sûrement écrit quelque chose durant ces quatre derniers jours. Vous me parliez de découvertes...

Elle sortit de sa serviette un document qu'elle tendit à son patron.

— Voici l'avant-projet de ce que j'ai intitulé « LA RÉVOLUTION CALIFORNIENNE », dit-elle en hochant la tête d'un air lugubre. Cela ne vous plaira pas ; c'est tout à fait à l'opposé de ce que vous appréciez d'habitude.

— Laissez-moi en juger, répliqua-t-il.

En dépit du tumulte de ses sentiments, elle surveilla son visage pour noter ses réactions. Elle ne lui dirait pas qu'au petit matin elle avait failli tout déchirer, mais qu'une petite voix lui avait soufflé de ne pas faire disparaître le seul témoin des heures les plus heureuses qu'elle eût jamais vécues. En outre, elle savait son travail de bonne qualité. Claires et spontanées, les phrases s'enchaînaient tout naturellement. Elle fut soulagée de n'avoir pas cédé à l'impulsion de faire disparaître ces feuillets.

L'ombre d'un sourire apparut sur les lèvres de Josh.

— C'est effectivement un bouleversement radical, dit-il, mais votre séjour à Los Angeles se situait sous le signe des changements personnels fondamentaux, n'est-ce pas, Bon Voyage ?

— Que pensez-vous de l'article ?

— Il est bien rédigé, dans un style alerte, vigoureux. Il plaira à vos lecteurs.

— Est-ce qu'il vous plaît, à vous ?

Avec un soupir pensif, il lui rendit le document.

— Si cela peut vous consoler, je dirai qu'il est de loin le meilleur que vous ayez écrit jusqu'ici. Vous étiez certainement inspirée.

— Alors, vous le publierez ?

Il regarda à nouveau son visage pâle et triste. Il ne l'avait jamais vue si vulnérable.

— Nous en ferons quelque chose, je vous le

promets. En attendant, nous prendrons un peu de bon temps à San Francisco qui est, à mon avis, une ville beaucoup plus civilisée que Los Angeles.

La nuit tombait quand une MG verte remonta le sentier qui conduisait à la Villa Rosa et s'arrêta sur le parking.

Le conducteur, superbe dans son complet beige, prit une enveloppe brune posée sur le siège voisin du sien. Il faudra que cela fasse l'affaire, se dit-il en la tapotant doucement; c'est ma seule chance.

L'enveloppe sous le bras, il sortit de la voiture en sifflotant et grimpa deux à deux les marches qui menaient à la réception. George, le gardien de nuit, lisait son journal quand il entendit la porte s'ouvrir.

— Oh! vous êtes l'ami de Mlle Bainbridge, n'est-ce pas? dit-il en souriant. Bonsoir, monsieur.

— Bonsoir, George. Mon nom est Lucas Gallagher, dit-il en lui tendant la main. Je n'ai encore jamais eu l'occasion de me présenter.

— Que puis-je faire pour vous, monsieur Gallagher?

— J'ai un problème que vous pourrez, je l'espère, m'aider à résoudre, dit-il en plaçant l'enveloppe devant lui. Cynthia... Je veux dire Mlle Bainbridge, est partie ce matin pour San Francisco, si j'ai bien compris, et elle a oublié cette enveloppe. Ce sont des documents indispensables à son travail. Il faut absolument que je les lui fasse parvenir par porteur spécial, mais je ne me souviens pas du nom de son hôtel.

— Je vais regarder sa fiche, offrit George. Peut-être a-t-elle laissé une adresse?

— Merci, cela me rendrait grand service.

— Hélas! non, dit George au bout d'un moment, après avoir consulté le document.

— Celle de M. Tremaine nous fournirait peut-être ce renseignement?

George poursuivit ses recherches.

— Désolé, monsieur Gallagher, dit-il enfin, rien de rien. Impossible de vous aider. D'habitude, pourtant, elle...

— Il faut absolument que je trouve un moyen de lui faire parvenir ceci.

— Elle téléphonera sûrement quand elle s'apercevra qu'elle a oublié ces documents.

— C'est là justement que réside le problème. Je dois m'absenter quelques jours et il n'y a personne chez moi pour recevoir la communication. Croyez-vous, ajouta-t-il en baissant la voix, que M. Tremaine ait appelé lui-même San Francisco pour réserver une chambre ? Peut-être pourriez-vous le vérifier auprès de la standardiste ?

Visiblement offensé, le gardien eut un mouvement de recul.

— Je crains que non, monsieur, répondit-il sèchement... à moins que vous ne soyez un agent fédéral et que vous n'ayez en votre possession les documents autorisant cette recherche.

— Que savez-vous de Mlle Bainbridge ? demanda posément le jeune homme.

— C'est sans aucune doute la cliente la plus aimable de l'hôtel.

Avez-vous jamais entendu parler de la journaliste dont le pseudonyme est Bon Voyage ?

— Sans aucun doute, monsieur. Je ne suis pas né d'hier. Dans notre profession, tout le monde connaît Bon Voyage.

— Alors, il vous intéressera de savoir ce que mon amie, Cynthia Bainbridge, a oublié. Il ouvrit l'enveloppe, en retira quelques feuillets et commença à lire. « Si l'on me demande d'indiquer le petit hôtel le plus charmant, le plus agréable de Los Angeles, mon choix se porterait sans hésitation sur la Villa Rosa, ancienne résidence d'une vedette du cinéma muet, nichée dans un canyon verdoyant. Le dévouement du personnel, en particulier du portier de nuit, George Gerson, incite le visiteur à y retourner... »

— Vous voulez dire que cette jeune femme est Bon Voyage ?

— Eh ! oui, George.

— Et elle a écrit ça sur moi ?

— Mais oui, affirma Lucas en fixant la feuille blanche qu'il feignait de lire. Et si je ne peux pas lui faire parvenir son texte... Bien sûr, elle peut toujours réécrire son article mais, vous savez, la mémoire vous joue souvent des tours... Et le premier jet d'un papier est toujours le plus spontané ; même imparfait, on y met mille détails qui disparaîtront dans le suivant. Le cerveau humain est ainsi fait. Je ne peux pas non plus envoyer ces documents à Washington puisqu'elle effectue un long déplacement et qu'elle écrit ses articles au fur et à mesure de ses découvertes.

— La Villa Rosa est tranquille de très bonne heure le matin, monsieur Gallagher. Si vous voulez bien revenir très tôt demain matin, j'aurai peut-être le renseignement.

— Je vous suis très obligé, et mon amie aussi, bien qu'elle ne le sache pas encore...

Palmiers en pots, rideaux de velours ornés de festons, causeuses couvertes de moire mauve, le style Napoléon III s'affirmait vigoureusement dans le hall du Regency Hotel de San Francisco où étaient descendus Cynthia et Josh. Tandis qu'elle prenait un thé sur la terrasse, il s'occupait de réserver une table pour le dîner.

Ce n'était plus le même homme. On avait changé Josh ! Plus de remarques acides, d'allusions désobligeantes. Depuis la scène de Los Angeles, il était redevenu le patron d'autrefois, charmant, prévenant, enjoué même, et toujours prêt à faire un compliment.

Il revint s'asseoir auprès d'elle, l'air satisfait.

— Voilà ! Tout est en ordre. Nous dînerons à vingt heures au Tong Yen. C'est bien le restaurant que vous aviez choisi, n'est-ce pas ?

— Il est censé être le meilleur de Chinatown, confirma-t-elle.

— Je vous crois sur parole, mon petit.

— Josh ! commença-t-elle d'un air embarrassé, je voudrais vous dire... ces deux derniers jours, vous avez été si bon pour moi. Comment pourrai-je vous remercier pour tout ce que vous avez fait ?

— Allons donc ! ma chère. C'était le moins que je vous doive après ce que vous avez enduré. Souvenez-vous seulement d'une chose : Lucas Gallagher fait partie d'un passé condamné ; vous ne reverrez plus cet homme.

La tasse et la soucoupe tremblèrent violemment dans les mains de la jeune femme et ce n'est que par la force de sa volonté qu'elle réussit à les poser sur la table sans que son compagnon conçût le moindre soupçon.

— Finissez tranquillement votre thé, dit-elle en se levant. Je me sens un peu fatiguée et je crois qu'un peu de repos avant le dîner me ferait du bien.

— Vous n'êtes pas malade, au moins ?

— Oh ! non ! juste un léger mal de tête ; une aspirine fera l'affaire, dit-elle en espérant pouvoir retenir ses larmes jusqu'à la porte de sa chambre.

Il était exactement neuf heures. La vieille horloge sonnait neuf coups quand le préposé à la réception, qui s'efforçait d'inscrire sur le registre les membres d'un orchestre philarmonique italien en tournée aux Etats-Unis, vit un homme immense et athlétique, vêtu d'un costume sombre admirablement coupé et portant une énorme gerbe de roses blanches, se diriger vers lui.

— Ces fleurs sont pour Mlle Bainbridge, Cynthia

Bainbridge, dit-il sur un ton de commandement. Elle est descendue chez vous.

— Pourriez-vous attendre un moment, monsieur ? supplia le préposé en indiquant les musiciens. Ils sont cinquante-deux...

Lucas Gallagher, qui battait la semelle depuis deux heures devant l'hôtel en guettant une occasion semblable, lui lança un regard d'acier.

— Navré, mais c'est impossible.

Le réceptionniste nota l'air d'autorité qui émanait de l'homme imposant qui lui faisait face, son vêtement coupé par un tailleur prestigieux, son assurance.

— Bainbridge... Bainbridge... murmura-t-il en consultant le registre. Oui, monsieur, elle est bien descendue chez nous. Je lui ferai parvenir ces fleurs.

— Si cela ne vous ennuie pas, j'aimerais qu'elles soient livrées dans sa chambre avant qu'elle ne rentre ce soir. Pourriez-vous les y faire déposer immédiatement ? demanda-t-il en lui tendant un billet de vingt dollars.

— Mais certainement, monsieur, promit l'homme en faisant prestement disparaître le billet, le visage épanoui. Portez immédiatement ceci au 157, ordonna-t-il au chasseur qu'il venait d'appeler. Y a-t-il autre chose pour votre service, monsieur ?

— Non, je vous remercie, dit Lucas en s'en allant. Oh ! A quel étage se trouve l'appartement 157 ?

— Au cinquième, monsieur, répondit automatiquement le préposé qui se débattait de nouveau avec son orchestre philharmonique.

Tandis que le groom attendait devant l'ascenseur, Lucas prit la porte marquée « ESCALIER — SORTIE DE SECOURS » et grimpa deux à deux les marches jusqu'au cinquième étage où il se retrouva dans un couloir désert couvert d'une épaisse moquette. Il constata avec satisfaction que le 157 était un appartement d'angle.

Caché dans le renfoncement d'une porte voisine, il vit le chasseur, chargé de son fardeau, s'arrêter devant le 157. La porte ouverte grâce à son passe, il alluma une lampe et disposa les fleurs dans un vase, sur une table près de la fenêtre. Derrière lui, une ombre traversa le seuil... L'ombre, dont le bruit de pas fut étouffé par le tapis, se dissimula derrière le divan, puis se glissa dans la chambre à coucher sans avoir été vue. Le chasseur se pencha un instant vers les fleurs pour en humer le parfum, puis éteignit la lumière et quitta la pièce en refermant la porte derrière lui.

Lucas retint sa respiration jusqu'à ce qu'il entendît le bruit de la clé dans la serrure. Il sortit alors de sa cachette, un sourire vainqueur sur le visage. Il regarda autour de lui, puis se promena dans les pièces sombres, furetant dans les coins comme un fauve impatient. Maintenant qu'il avait investi la tanière de son gibier, les murs en étaient trop étroits pour contenir sa joie.

Tout ici lui rappelait Cynthia... la chemise de nuit en satin étalée sur le lit, les effluves de son parfum dans l'air. Il se rendit dans le salon, enleva ses chaussures, défit sa cravate et s'allongea sur le divan, les bras croisés derrière la tête...

Soudain, il entendit des voix dans le couloir. Il se leva d'un bond et se rendit dans la chambre, laissant la porte légèrement entrouverte. Il jetait un dernier regard empli d'espoir sur les roses quand il aperçut ses chaussures oubliées près du divan. Prompt comme l'éclair, il courut les reprendre et eut juste le temps de s'esquiver dans la chambre avant que la porte ne s'ouvre.

— Ma chère, si vous avez besoin de quoi que ce soit durant la nuit, n'oubliez pas que votre fidèle

123

serviteur et admirateur se trouve à quelques pas de vous.

Joshua Tremaine ! Le jeune homme fronça les sourcils et ses lèvres se crispèrent en une moue de colère.

— Merci, Josh, mais je me sens parfaitement bien, insista Cynthia. A demain matin. Oh ! Des roses, s'écria-t-elle soudain. Des douzaines de roses !

Le cri de ravissement qui sortit de ses lèvres fit sourire le jeune homme, tandis qu'elle lisait la carte jointe au bouquet. « Blanches. La couleur de la reddition. Pardon, Juliette. »

— Lucas... C'est Lucas qui les a envoyées, dit-elle d'une voix étranglée. Comment a-t-il fait, Josh ? Comment m'a-t-il retrouvée ?

Il y eut un silence, puis Joshua Tremaine dit lentement :

— Il n'y est pour rien, ma chère. C'est moi qui vous les ai envoyées.

Le visiteur invisible écarquilla les yeux. La main sur la poignée de la porte, il se contraignit à ne pas exploser.

— Non, protesta Cynthia. La carte m'appelle Juliette. C'est un nom que seul Lucas...

— Je l'ai entendu l'utiliser, ma chère. Deux fois. Au Saratoga, puis sur les marches de la Villa Rosa. Je suis désolé de m'être immiscé dans votre vie de façon si intime. Une manière un peu familière, en somme, de me faire pardonner mes innombrables péchés à votre égard, depuis des années. Je pensais que si le message était plus personnel...

— Elles sont magnifiques, murmura la jeune journaliste, tandis que Lucas bouillait de colère. Je suis très touchée.

— Vous m'en voyez heureux.

— Bonne nuit, Josh, et merci infiniment.

La porte du couloir se ferma doucement, le verrou fut poussé et la porte de la chambre s'ouvrit toute grande. Lucas se déplaça avec elle et se plaqua contre le mur. Des chaussures tombèrent doucement à terre, une fermeture Eclair crissa et s'ouvrit, des pas se dirigèrent vers la salle de bains où l'eau coula dans la baignoire. La porte se ferma.

Il résista follement à l'envie d'ouvrir cette porte, de la voir nue, de lui révéler la duplicité de Tremaine, mais à quoi bon ? Cela viendrait en son temps.

Sans bruit, il enleva son veston qu'il posa sur le dossier d'une chaise ainsi que sa cravate. Il déboutonna le col de sa chemise, s'étendit sur le lit et, les mains croisées derrière la tête, se demanda, indécis, quelle attitude adopter si elle se mettait à hurler...

Nue devant le miroir de la salle de bains, Cynthia se brossa soigneusement les cheveux puis, satisfaite, elle reposa la brosse et passa dans sa chambre.

— Lucas !

Elle émit un cri étranglé qui exprimait à la fois la crainte et l'incrédulité.

— Chut ! murmura-t-il en s'approchant d'elle tandis que, pâle et frissonnante, elle se dirigeait vers le lit. Mettez un vêtement. Où est votre peignoir, que j'aille le chercher ?

Elle indiqua sa valise. Il en sortit un long déshabillé de soie bleu pâle et l'aida à le passer.

— Vous n'allez tout de même pas vous trouver mal, Juliette. Je ne suis pas un rat d'hôtel qui s'est introduit dans votre chambre. Un verre d'eau, ma chérie ?

— Oui, s'il vous plaît, dit-elle en le regardant, les yeux dilatés, se diriger vers la salle de bains.

Il s'assit auprès d'elle sur le lit, veillant à conserver le silence pendant qu'elle buvait.

— Ça va mieux ? Alors, nous allons pouvoir bavarder, dit-il comme elle faisait un signe d'assentiment. C'est pour cela que je suis ici. Il me reste des milliers de choses à vous dire.

— Comment êtes-vous entré ici ? réussit-elle à demander.

A genoux devant elle, il l'embrassa tendrement.

— Tout est possible quand on est très, très amoureux, Juliette, dit-il. Vous devriez savoir ça.

Elle se cacha le visage dans les mains, tâchant de reprendre son contrôle, partagée entre la rage, l'amusement et le plaisir. Lucas s'était juré de la suivre... Il avait tenu parole.

— Quelles choses ne m'avez-vous pas dites ? demanda-t-elle enfin.

— Je désirais d'abord vous parler de ma femme, dit-il en s'asseyant auprès d'elle et en lui prenant la main. Je voudrais vous dire ce que m'a fait Catherine et ce que je me suis infligé moi-même quand j'ai appris ses infidélités.

Il parla longuement. Cynthia cherchait ses yeux et, quand elle lut une douleur encore vive, son cœur s'attendrit. Le mariage avait été de courte durée, mais les cicatrices de Lucas saignaient encore.

— Je l'aimais et je croyais qu'elle m'aimait, dit-il d'une voix dure. Au fond, peut-être me portait-elle quelque sentiment, à sa façon ? Avec tous les hommes qu'elle... fréquentait, il était difficile de démêler le faux du vrai.

— Quand vous avez découvert la vérité...

— Je suis parti le jour même, pour de bon. Je ne voulais plus revoir cette femme ni notre maison ni son pays... Elle était française et nous vivions à Avignon. J'ai roulé jusqu'à Nice où j'ai pris le premier avion en partance pour les Etats-Unis et, là, j'ai demandé le divorce. Depuis lors, le travail m'a entièrement absorbé... Quant aux femmes... des tas de femmes, des jeunes, des belles, d'autres moins. Pas d'engagement, mais suffisamment d'aventures pour compenser le manque de sentiments.

126

— Des femmes comme Deana ? demanda-t-elle doucement.

— Des femmes comme Deana.

— Et l'amour ?

Il se pencha vers elle, prit son menton dans sa main et tourna son visage vers lui.

— Jamais avant que je vous revoie. Catherine a tué tout celui que je pouvais offrir quand elle a détruit ma confiance. Je croyais mon cœur mort à tout jamais, mais vous avez ramené l'amour, Cynthia. Vous m'avez appris que tout était encore possible.

— Pourquoi ne me l'aviez-vous pas dit ? demanda-t-elle, les yeux remplis de larmes.

— Pourquoi vous être enfuie comme une folle ? Vous croyez que j'aime jouer les détectives, m'introduire furtivement dans les chambres d'hôtel pour faire à minuit mon examen de conscience ?

— J'avais si peur de ne plus vous revoir, murmura-t-elle en caressant son visage.

— Moi aussi, Juliette ! je vous croyais perdue à jamais.

Il la serra contre lui, prit ses lèvres dans un baiser passionné et, après l'avoir dévêtue de son léger déshabillé la fit s'allonger sur le lit.

Elle le laissa faire, ferma les yeux en soupirant quand des ondes de plaisir lui parcoururent le corps et qu'elle l'entendit ôter ses vêtements.

— Vous êtes pour moi un trésor infiniment précieux, dit-il en s'allongeant près d'elle. Laissez-moi vous adorer. Nous avons tout le temps devant nous.

Il commença par ses orteils qu'il embrassa délicatement un à un, puis remonta lentement le long de son corps.

— Lucas... Peter... Gallagher... murmura-t-elle d'une voix tremblante, comme sa bouche errait sur la peau tendre de ses jambes.

Lucas... Lucas Gallagher... C'était lui, lui seul,

qu'elle désirait, qu'elle attendait depuis le commencement des temps. Hier, aujourd'hui, et demain. Toujours... Sa pensée ne l'avait jamais quittée. Son besoin de lui, lové dans son cœur depuis tant d'années, se voyait enfin comblé. Oh! Lucas...

Il effleura son ventre plat, ses seins durcis...

— Lucas!

— Chérie, ma chérie...

Il leva la tête, leurs yeux se rencontrèrent et, quand son corps rejoignit enfin celui de la jeune femme, ils s'unirent en une fusion brûlante, consumés de désir. Rien n'existait plus que la passion, si forte qu'elle les faisait trembler, gémir. Cambrée contre lui, elle se laissa emporter par le tourbillon voluptueux qui les étourdissait tous deux et perdit conscience de la réalité. Elle n'était plus que chair ardente et soumise, offerte et exigeante. Bientôt, il rejeta la tête en arrière tandis qu'un long frisson le secouait et ils explosèrent au même instant, en une ivresse partagée.

Ils restèrent un long moment blottis l'un contre l'autre, bras et jambes entrelacés, envahis par une douce langueur.

— Heureuse? demanda Lucas.

— Plus que ça, murmura Cynthia, le visage niché au creux de son cou.

— Peut-on être plus qu'heureux? demanda-t-il en caressant ses cheveux.

— Oh! oui! C'est un état qui se situe au-delà du bonheur terrestre, un état presque... incorporel.

— Vous aviez envie de connaître tous mes secrets, n'est-ce pas? demanda-t-il.

— Qui me dit que vous avez tout avoué?

— Que voulez-vous qu'il y ait d'autre?

— Eh bien! la façon dont vous êtes entré ici, par exemple. Qui avez-vous acheté?

— Il faudra simplement mentionner le nom de George Gerson dans votre article, dit-il en s'asseyant et s'adossant aux oreillers. Ne l'oubliez surtout pas !

— C'est donc ainsi que vous avez appris le nom de l'hôtel, dit-elle en riant. Comment avez-vous fait pour forcer la porte ?

Le regard de Lucas se posa sur les roses qu'il pouvait apercevoir par la porte entrouverte. Cynthia sentit son amant tressaillir.

— Que se passe-t-il ? demanda-t-elle.

— Il faut le quitter maintenant, mon amour. Tout de suite. Vous allez venir avec moi.

— Quitter Josh ?

— Ce soir, immédiatement, avant que votre « fidèle serviteur », comme il dit, n'ait le temps de nous séparer à nouveau.

— Je ne peux pas faire ça, Lucas ; j'ai signé un contrat.

— Cet homme ne vous possède tout de même pas ! Si ce que vous m'avez confié est vrai, s'il vous a harcelée, intimidée, aucun document d'aucune sorte ne peut vous lier à lui. Vous avez signé de bonne foi, pas lui. Son contrat est donc nul.

— Pourquoi dites-vous : si ce que j'ai confié est vrai ?

— Un moment, l'espace d'un moment, j'ai eu l'impression que vous croyiez ses mensonges.

— C'est faux ! répliqua-t-elle, irritée. Je n'ai nullement l'intention de céder à Joshua Tremaine. Jamais !

— Alors, prouvez-le en partant avec moi. Vous pouvez vous permettre de travailler partout et vous le savez bien. Les meilleurs journaux de Los Angeles se battront pour vous obtenir. Ou encore, vous pourriez être journaliste indépendante.

— C'est plus compliqué que cela, Lucas. J'ai une dette de reconnaissance envers Josh. C'est lui qui a créé Bon Voyage pour moi, m'a appris un métier...

— Et, durant toutes ces années, vous a fait chanter !

— Plus maintenant, répondit-elle vivement. Il a été très attentif envers moi depuis que... Je ne peux vraiment pas m'en aller comme ça, pas plus que vous ne pouvez laisser tomber Deana.

— Deana et moi sommes associés, dit-il d'une voix ferme.

— Josh et moi également, répondit-elle.

— Il vous a menti, chérie. Ces roses, fit-il en indiquant du doigt la table du salon, c'est moi qui les ai apportées. C'est même de cette façon que j'ai pu m'introduire ici. Il m'a tout volé : les fleurs, mon pardon et, par-dessus tout, votre nom. Il n'a pas le droit de vous appeler Juliette !

Elle détourna les yeux et enfila sa robe de chambre.

— Vous aussi vous m'avez menti en n'évoquant pas la réalité de vos relations avec Deana. Supposez une seconde que je quitte Josh ce soir. Qu'avez-vous à m'offrir ? Le mariage ou quelques nuits voluptueuses ? Serai-je votre femme ou votre maîtresse ?

— C'est cela qui vous tracasse ? demanda-t-il tranquillement. Avez-vous besoin de garanties avant de prendre une décision ?

— Pour moi, amour et mariage vont de pair. Vous me demandez d'abandonner mon travail, ma maison, ma vie quoi ! Et vous, à quoi êtes-vous disposé à renoncer ? Vous gardez tout, n'est-ce pas ? Je vous ai rendu l'amour, dites-vous. Et la fidélité ? M'aimez-vous assez pour m'épouser, abandonner votre indépendance, vos femmes, Deana ?

Lucas hésita, se leva d'un bond, passa dans l'autre pièce et en revint avec une rose qu'il déposa entre eux sur le lit.

— Je ne veux pas d'autre femme que vous, je veux vous épouser. Après Catherine, je m'étais juré... Je vous aime comme un fou Cynthia. Cela ne suffit-il pas pour le moment ?

— Non, dit-elle en secouant la tête. Je ne suis

plus une enfant naïve. J'ai trop l'expérience des hommes et de la vie pour me contenter de n'être qu'une maîtresse de passage...

— Savez-vous ce que je pense réellement, dit-il en s'habillant. Que vous ne voulez pas vraiment quitter Joshua Tremaine. Vous m'avez joué la comédie. Vous m'avez utilisé pour l'avoir. L'argent, un nom célèbre. Une revanche sur New Hope. C'est cela, n'est-ce pas ? Et son pouvoir, bien sûr ! Si vous restez assez longtemps auprès de lui, il ne saura que faire pour vous gâter. Un poste de rédactrice en chef, peut-être. Et pourquoi pas une associée ? Je pense que vous avez trouvé votre homme, Juliette. Servez-vous de lui tant que vous le pouvez. Votre bonheur sera aussi authentique et durable que ses roses. Que ferez-vous quand il vous enverra sa facture pour services rendus ?

— Retournez vers Deana, dit-elle, la tête haute. Je suppose que, pour un homme, une telle beauté présente un attrait irrésistible... du moins pendant un certain temps.

— Ce n'est pas pour Deana que je suis venu à San Francisco, répondit-il, la main sur la poignée de la porte.

— Et ce n'est pas à Joshua Tremaine que je me suis donnée cette nuit.

Lucas claqua la porte derrière lui tandis que Cynthia se recouchait, les poings serrés, la tête penchée vers la rose blanche qui partageait les draps froissés, telle l'épée séparant les amants de légende, Tristan et Iseult.

10

Lorsqu'elle eut terminé sa tournée sur la côte ouest, Cynthia rentra à Washington en compagnie d'un Joshua Tremaine toujours aussi prévenant. Indéfiniment disposé à lui plaire, il se comportait en chevalier servant accompli.

Rien ne semblait avoir changé au *Times-Herald* en son absence. Si Josh, avant son départ, avait prévu quelque châtiment pour la fugueuse, rien ne le laissait paraître. Son vaste bureau était toujours à sa disposition et Bridget Halliday, sa rivale, restait confinée au service de la recherche. Elle constata également que la décision de la direction demandant à ce qu'il soit répondu au courrier de Bon Voyage par carte postale avait été annulée.

— Voilà l'avantage d'être une vedette, lui dit Josh, à leur retour, en montrant la pile de lettres et de coupures de journaux déposée sur son bureau. Quand vous en aurez par-dessus la tête, faites-moi signe et nous en reviendrons à mon bon vieux système qui est peut-être moins courtois mais plus expéditif.

Cynthia acquiesça, ôta la housse de sa machine à écrire et se lança sans attendre dans le travail.

L'hiver avait laissé place au printemps, saison du renouveau. L'article de Cynthia sur « LA RÉVOLUTION CALIFORNIENNE », finalement publié, avait obtenu un joli succès. Dans le courrier de Bon Voyage reçu à la suite de sa publication se trouvait une chaleureuse lettre de remerciement de Goerge Gerson, une mystérieuse note dactylographiée sur le papier à en-tête du plus important journal du matin de Los Angeles, signée par un certain Myron Cattleman, la priant de lui accorder un rendez-vous lors de son prochain passage à Washington et, enfin, la lettre tant attendue de Lucas. « Grâce à vous, écrivait-il, La Terrasse aux étoiles ne désemplit pas... Votre article est vraiment sensationnel. Je suis très fier de vous, Juliette. Autre chose : je me suis arrêté à la Villa Rosa. Serez-vous surprise d'apprendre que George Gerson ne marche plus les pieds sur terre ? Pour lui, je suis le héros du jour. S'il savait la vérité ! Vous avez sauvé mon honneur. »

C'était son premier signe de vie depuis qu'ils s'étaient quittés si brutalement six semaines auparavant. Cynthia apporta la lettre chez elle mais ne parvint pas à rédiger une réponse qui la satisfît. Elle lisait et relisait le mot de Lucas sans y trouver de réconfort. Qu'importent ses remerciements et ses louanges ! Elle le voulait, lui. Sans lui, sans l'homme qu'elle aimait, la vie n'était qu'un brouillard grisâtre où elle se mouvait en faisant semblant de vivre. Il prétendait l'aimer mais ne voulait pas l'épouser.

Un instant, elle se demanda si leur aventure avait revêtu à ses yeux plus d'importance qu'une banale rencontre sensuelle, semblable à celles qu'il consommait depuis sa séparation d'avec Catherine ? Et s'il ne lui avait proposé de vivre avec lui que parce qu'il pressentait son refus ?

Non, ce ne pouvait être cela. Durant les années écoulées entre le jour où elle avait dit adieu à Lucas Gallagher, à New Hope, et l'après-midi de leur nouvelle rencontre, il avait été victime d'un accident l'ayant rendu invalide, invalide du cœur. Un amputé de l'âme et de l'émotion. Elle ne l'avait compris qu'après ses confidences, si douloureuses encore. Elle découvrait, jalouse, blessée elle aussi, qu'une autre avant elle avait obtenu l'amour ébloui et neuf du jeune homme, pour ensuite le rejeter. Que Lucas ne lui appartiendrait jamais tout entier ; quelque chose en lui était mort à jamais avec Catherine. Il avait donné à Cynthia le peu qu'il lui restait de tendresse et de confiance, mais ces reliefs, ce demi-amour étaient trop fragiles pour qu'elle les acceptât. Non qu'elle y mît de l'orgueil ou de la rancune, mais elle ne pouvait se contenter de la part du pauvre, de vestiges d'une passion malheureuse. Elle l'aimait trop pour cela. Elle ne répondit pas à sa lettre.

Josh continuait de l'étonner. Il avait manifesté un vif contentement devant le succès remporté par son article et continuait à l'entourer de son affection, tout en gardant ses distances ; plus de propositions ni de menaces. Au bureau, il jouait au conseiller paternel ; en dehors du *Times-Herald*, elle ne le voyait jamais sans sa femme. Elle ne fut donc pas surprise, quand il l'invita un beau soir à dîner, de constater qu'Annabelle ne venait pas les rejoindre. Simple changement de routine.

— Je ne crois pas qu'elle apprécierait cette soirée, dit-il d'un air dégagé en l'aidant à s'asseoir. Il y a des aspects de la vie d'un homme dont il vaut mieux exclure son épouse.

— Que voulez-vous dire ? demanda Cynthia d'un ton léger. Nous n'avons rien à cacher à Annabelle. Je n'ai pas très faim ce soir, ajouta-t-elle en étudiant le menu. Je crois que je prendrai simplement un saumon grillé et une salade.

— Un dîner rapide et au lit, Bon Voyage ? s'enquit-il d'un air gourmand.

— Oui, mais seule, répondit-elle d'une voix ferme.

Le maître d'hôtel arriva et Joshua commanda le vin et le dîner. Le vin leur fut rapidement servi. Dès qu'ils furent seuls, Joshua fit tourner son verre entre ses doigts et contempla d'un air préoccupé le pâle liquide ambré.

— Vingt-deux dollars la bouteille, murmura-t-il. Croyez-vous que nous en ayons pour notre argent ? Notre investissement dans ce vouvray est-il rentable ?

— Je ne vois vraiment pas où vous voulez en venir. Tout se paie. Finalement, la question n'est pas de savoir si l'on en a pour son argent, mais si l'on est disposé à payer le prix pour obtenir ce que l'on désire. Je parle d'un point de vue pratique, bien sûr. Ce qui a réellement de l'importance dans la vie ne peut être évalué en dollars.

— Tenez ! Vous par exemple, Bon Voyage, êtes-vous disposée à payer le prix ?

— Le prix de quoi ? Vous parlez vraiment par énigmes !

Il posa une main sur la sienne, si légère qu'elle l'effleurait à peine, et pourtant elle fut parcourue de frissons. Elle baissa les yeux et essaya de se dégager, mais il l'en empêcha, saisissant son poignet avec une violence que démentait la suavité de sa voix.

— Je vous faciliterai la vie. Dans notre jungle, ici-bas, c'est donnant, donnant. Vous l'avez dit vous-même et nous sommes d'accord là-dessus. Rien n'est gratuit. Ni ce bon vin, ni votre saumon, ni mon filet mignon. Les êtres humains eux aussi sont évalués à un certain prix. Vous, moi... Ne prenez pas cet air choqué ! Vous n'êtes pas si naïve... Dites-moi, honnêtement : combien valez-vous et en quelle monnaie ? Je serais curieux de le savoir, Cynthia. Comment puis-je vous acheter ?

— Je ne suis pas à vendre ! s'exclama-t-elle, les yeux flamboyants de colère, en se libérant de son étreinte. Est-ce à cela qu'aboutissent vos simulacres de bonté ? Vous étiez en train d'amorcer le piège ? Etes-vous un homme ou une mécanique dont chaque démarche est liée à un objectif égoïste et utilitaire ? Cela ne marchera pas avec moi ; vous ne pourrez jamais m'acheter.

— Oh ! que si ! dit-il calmement. Chacun de nous a son prix. Il nous faut seulement discuter des conditions. Des bijoux ? Je vous achèterai des diamants de la taille d'un œuf. Des fourrures ? De beaux vêtements ? Une maison, peut-être ? Voulez-vous une belle et grande maison ? Nous irons dès demain voir mon agent immobilier. Que voulez-vous, Cynthia ? Dites-le et vous l'obtiendrez dans l'heure.

— Tout cela est révoltant ! s'exclama-t-elle, les joues en feu. Cessez, Josh, ou je m'en vais immédiatement !

— Mais non, ma chère, dit-il froidement ; vous n'irez nulle part. Vous m'appartenez pour deux années encore. Voyez-vous, en réalité je connais votre prix. Je l'ai évalué depuis longtemps déjà. Ce que vous recherchez, ce n'est pas le luxe, mais la renommée, une célébrité de bon aloi. Bon Voyage ferait n'importe quoi pour rester Bon Voyage. Par quel autre moyen pourriez-vous redorer le nom terni par votre père ? Un gros titre fait contrepoids à un autre. Chaque fois que paraît un article de Bon Voyage, c'est une victoire personnelle sur les mauvaises langues de la petite ville qui se sont acharnées sur vous et la réputation de votre famille. Qui seriez-vous sans votre signature de journaliste ?

« Que ferez-vous quand il vous enverra sa facture pour les services rendus ? »... L'avertissement de Lucas lui revint soudain à l'esprit.

— Je vous ai défendu, Josh ; j'ai pris votre parti. J'aurais pu vous abandonner pour toujours, car Lucas est venu me retrouver à San Francisco. Vous l'ignoriez, n'est-ce pas ? Il m'a mise en garde contre vous, mais je ne l'ai pas écouté ; je lui ai dit que seule la jalousie l'aveuglait. Je croyais que vous aviez changé mais, de toute évidence, je me trompais.

— Et pourtant, j'ai vraiment changé, dit-il en la regardant d'un air surpris. N'avez-vous pas ressenti les effets de ma générosité ces dernières semaines ?

— Pure tactique de votre part ; vous avez seulement changé de stratégie en ce qui me concerne.

— Je vous en prie, ne me prêtez pas de si vulgaires desseins ! Je vous ai laissé la bride sur le cou. Je vous ai tout offert : protection, honneurs, liberté professionnelle. Je réclame la note. Je n'aime pas forcer les gens, vous savez ; au fond, je suis un homme haïssant le bruit et la fureur, et le chantage me choque... Seulement, vous ne me laissez guère le choix. Vos faveurs contre mon appui. Mon lit contre votre signature, Bon Voyage.

Le garçon revint à ce moment avec deux assiettes brûlantes qu'il déposa devant eux en s'inclinant. Cynthia regardait la sienne d'un air de dégoût, tandis que Josh attaquait avec enthousiasme son filet mignon.

— Allons, ma chère, mangez de bon appétit. Pourquoi bouder ? J'estime que mon offre est on ne peut plus honnête. Nous obtiendrons tous deux ce que nous désirons. Je vous accorderai une augmentation et je ferai chanter votre corps. Savez-vous que je suis un amant très recherché ?

— J'irai au tribunal ! Là, on jugera de la valeur des termes de mon contrat et de la pression sexuelle que vous exercez sur le personnel féminin du *Times-Herald* ! Ainsi, je serai enfin débarrassée de vous et de vos attentions hypocrites !

— Tout bien considéré, ce ne serait pas sage.

Après tout, nous avons voyagé ensemble récemment, n'est-ce pas ?... déjeuné, dîné ensemble, dormi ensemble...

— Nous n'avons jamais partagé la même chambre !

— Non, bien sûr. Je suis un homme marié et je dois protéger ma réputation. En outre, je ne voudrais pas que le nom de ma maîtresse soit souillé par quelque indiscrétion. Des chambres séparées, une courte promenade le long du couloir, quand personne ne regarde, pour satisfaire notre désir... Voyez-vous, vous ne pouvez pas gagner. Même si le jugement était en votre faveur, vous seriez néanmoins perdante, car l'affaire ferait du bruit et chacun se demanderait : a-t-elle ou n'a-t-elle pas cédé à Joshua Tremaine ? Qui peut le savoir ? Il n'y a pas de fumée sans feu. Votre réputation, votre chère réputation en serait ternie, Bon Voyage. Vous savez, les journaux, telles les familles, préfèrent laver leur linge sale dans l'intimité. Quel directeur de revue ou de quotidien recruterait une oie blanche à la vertu offensée, après un procès bien retentissant ?

Effondrée sur sa chaise, elle le dévisagea d'un air haineux.

— Vous êtes peut-être le propriétaire de Bon Voyage, mais vous ne posséderez jamais Cynthia Bainbridge. Faites ce que vous voulez. Utilisez-moi pour écrire la notice nécrologique ou mettez-moi au placard. Je me tournerai les pouces en laissant ces deux années se dérouler, mais je ne me donnerai pas à vous. Ni maintenant ni jamais !

— Pourquoi ? demanda-t-il doucement en continuant à faire honneur à son repas. Je vous désire, ce qui est flatteur pour vous. J'ai fait tout ce qui est en mon pouvoir pour obtenir vos faveurs ; j'ai été rude, j'ai été tendre. Aucun résultat... Et vous vous êtes donnée pour rien à ce Lucas Gallagher ! Pourquoi,

138

alors que vous me rejetez quand je mets le monde à vos pieds ?

— Parce que je suis amoureuse de Lucas Gallagher, répondit-elle d'un ton sec en se levant.

— C'est regrettable pour vous, car vous êtes à moi pour deux ans encore. Réfléchissez-y.

Quand elle arriva au *Times-Herald* le lendemain matin, la réceptionniste lui remit deux messages téléphoniques.

— Ils sont tous deux d'un certain Myron Cattleman, expliqua-t-elle. Il est descendu au Madison.

Myron Cattleman ? Cynthia fronça les sourcils. Où avait-elle déjà entendu ce nom-là ?

— M. Tremaine est arrivé, Shirley ? demanda-t-elle.

— Il a une réunion au club de la presse. L'assemblée des directeurs de journaux.

— Ah ! oui ! c'est vrai.

— Il sera absent toute la matinée. C'est lui qui doit prononcer le discours d'ouverture. Pourquoi n'allez-vous pas l'écouter ?

— Non, merci, dit Cynthia en souriant. J'ai déjà entendu tous les discours de notre directeur.

Elle réussit à joindre Myron Cattleman à son hôtel. Celui-ci lui expliqua la raison de sa présence à Washington par sa participation à l'assemblée et lui demanda si elle avait reçu son petit mot envoyé dix jours auparavant. Elle comprit alors qu'il s'agissait du signataire de la lettre écrite sur papier à en-tête du plus prestigieux journal de Los Angeles.

— Quand pourrai-je vous rencontrer, mademoiselle Bainbridge ?

— Ce matin, si vous voulez, répondit-elle. M. Tremaine est...

— Au club de la presse, je sais, dit-il en riant doucement. Son discours est un tissu de grandiloquence dont je puis très bien me passer. Pourriez-vous me retrouver près de l'étang dans le parc voisin de votre bureau, disons, dans une demi-heure ?

— Comment vous reconnaîtrai-je ?

— Vous ne me reconnaîtrez pas mais je sais, moi, qui vous êtes.

Quand elle entra dans le petit parc, véritable oasis de verdure et de fleurs, un homme de taille moyenne, trapu, la trentaine, jeune, se leva du banc qu'il occupait et vint à sa rencontre avec un sourire engageant.

— Nous sommes-nous déjà rencontrés, monsieur Cattleman ? demanda-t-elle en scrutant son visage.

— Quelques instants seulement, dit-il comme elle s'asseyait. A La terrasse, à Los Angeles. Un ivrogne avait causé un petit incident, vous vous en souvenez ? Je suis l'un de ceux qui se sont arrêtés à votre table pour féliciter M. Gallagher. Je suis un vieil habitué de la maison et j'ai eu la curiosité de demander qui était la jolie fille aux cheveux auburn qui dînait avec le propriétaire.

— Je vois, murmura-t-elle d'un ton froid.

Cela expliquait qu'il ait adressé sa lettre à Cynthia Bainbridge et non à Bon Voyage.

— Maintenant que vous savez qui je suis, pourquoi voulez-vous me voir ?

Toujours debout, il sortit un quignon de pain de la poche de son imperméable et le réduisit en miettes qu'il jeta dans l'étang.

— C'est en quelque sorte une partie de pêche, déclara-t-il en regardant d'un air ravi les poissons se précipiter pour gober cette offrande imprévue. Je voudrais vous voler au *Times-Herald*.

— Je suis très flattée, monsieur Cattleman, mais...

— Votre article sur la Californie du Sud était remarquable, coupa-t-il. Si cela vous intéresse, vous pourriez quitter le domaine du tourisme et vous lancer dans le grand reportage. C'est moi qui dirige ce service, j'ai donc un préjugé en sa faveur. Il me semble que vous pourriez faire beaucoup plus et beaucoup mieux que ce que vous avez fait jusqu'ici. Allez de l'avant ! Vous avez l'étoffe d'un reporter, d'une grande journaliste ! Laissez Bon Voyage derrière vous !

— Je ne demanderais pas mieux, dit-elle en soupirant, mais c'est impossible. Mon contrat avec le *Times-Herald* ne viendra à expiration que dans deux ans, et je peux vous assurer que Joshua Tremaine n'est pas disposé à me laisser partir.

Myron Cattleman prit un autre morceau de pain qu'il dépiauta avant de le lancer aux poissons et aux canards venus aux nouvelles.

— Si par hasard vous avez un problème... personnel en tant qu'élément féminin de l'équipe du *Times-Herald*, sachez que vous n'êtes pas seule, dit-il, le dos tourné. D'autres avant vous sont passées par là. Elles sont parties, Cynthia, et vous aussi vous le pouvez. Dans de telles circonstances, Tremaine ne peut pas vous retenir et il le sait. Quand il vous affirme qu'il en a le pouvoir, il bluffe.

— Lors d'une audience publique, c'est moi qui en pâtirais, vous le savez bien.

— Il n'y aura pas d'audience. J'ai les noms de femmes qui sont disposées à venir témoigner en parlant de leur propre cas. Dites-le-lui. Voyez-vous, Joshua Tremaine a derrière lui un long passé de séducteur abusif et il n'aimerait pas le voir étalé au grand jour. Il ne lèvera pas le petit doigt pour vous empêcher de partir ; il n'osera jamais. Pensez à ce que je viens de vous dire, ajouta-t-il avant de s'en aller. Je serai au Madison pendant trois jours encore. Venez en Californie ; vous pourrez y écrire sous votre propre nom, pas sous un pseudonyme.

— Encore une question, monsieur Cattleman. Comment avez-vous su que j'avais des problèmes avec Josh ?

— Bonne question ! dit-il en se dandinant d'un pied sur l'autre. Je suppose que je reconnais le talent, quand talent il y a... et la méchanceté aussi. Je n'aime pas les types du genre de Joshua Tremaine.

— Moi non plus, monsieur Cattleman, dit-elle avec un beau sourire. Moi non plus.

Elle attendait dans l'antichambre qui précédait le bureau de Josh quand il revint cet après-midi-là, suintant de fatuité en raison du succès qu'avait remporté son discours.

— J'aurais voulu que vous entendiez les applaudissements, dit-il à Cynthia, perchée sur le bras d'un fauteuil. Ils ne voulaient plus me laisser quitter le podium.

— Vous l'avez toujours dit, Josh ; rien ne remue les foules comme le pouvoir des mots.

— Les yeux de ces gens fixés sur moi, l'attention profonde avec laquelle ils m'écoutaient. Cela, ma chère, c'est le pouvoir ! Rien de meilleur au monde...

Un sourire nerveux, dont il ignora l'ironie, passa sur le visage préoccupé de la jeune femme.

— Vous voulez me voir, ma chère ? demanda-t-il.

— Oui, s'il vous plaît.

— Ne pourriez-vous attendre un peu, Cynthia ? intervint Sara, la secrétaire. M. Tremaine a reçu quantité de coups de téléphone ce matin.

— Cela a un rapport avec notre conversation d'hier soir, dit la journaliste en se levant. Il existe un élément nouveau que je voudrais vous faire connaître.

— Mais certainement.

Il posa une main possessive au creux de ses reins et la poussa dans son bureau.

— Je suis en conférence, Sara, annonça-t-il à sa secrétaire. Je vous retrouve dans quelques minutes.

Une fois dans le sanctuaire, il passa un bras

autour de la taille de Cynthia et, l'attirant vers lui, fit glisser ses lèvres sur son cou.

— Je vous jure que vous ne le regretterez pas ; je vous ferai oublier tous les hommes que vous avez connus, murmura-t-il passionnément.

Elle eut un haut-le-cœur, le repoussa violemment et s'écarta de lui, tremblante de rage et de dégoût,

— Vous ne comprenez donc pas ? Je suis venue vous dire que je m'en vais.

Pendant une seconde, elle crut qu'il allait la gifler mais, comme un serpent qui a manqué son but une première fois, il se recula légèrement, pour mieux frapper.

— J'ai sûrement mal entendu, dit-il. Auriez-vous si mauvaise mémoire ?

— Voici ma lettre de démission, déclara-t-elle en sortant de la poche de sa jupe une enveloppe qu'elle posa sur le bureau. A compter de ce jour.

Il secoua la tête et une lueur sournoise brilla dans ses yeux.

— Vous le regretterez, dit-il en agitant l'enveloppe d'un geste menaçant.

— Si vous essayez de m'empêcher de partir, je saurai m'entourer de consœurs qui ont eu à subir vos avances et s'en sont allées, dit-elle calmement. Je sais tout au sujet des autres. Nous constituerons une force susceptible de faire trembler Joshua Tremaine...

Celui-ci ne se démonta pas, mais son expression se figea. Il avait perdu et le savait. Il la regarda d'un air curieux, presque admiratif.

— Ainsi, vous comptez organiser une petite réunion amicale, Bon Voyage ? J'espère que le champagne sera bon.

Même dans la défaite, il restait maître de lui, courtois et intouchable, un modèle de sang-froid, fidèle copie d'un être humain, si ce n'était que le cœur n'y battait pas.

— Laissez-moi m'en aller sans bruit et vous

n'aurez rien à craindre, déclara-t-elle en se dirigeant vers la porte.

— Eh bien ! adieu, Bon Voyage, répliqua-t-il en agitant les doigts. Vous allez me manquer, ma chère.

Comme elle posait la main sur la poignée, elle l'entendit appeler sa secrétaire.

— Sara, pourriez-vous demander à cette fille de venir... vous savez, la petite qui a écrit cet article assez médiocre. Comment s'appelle-t-elle ?

— Bridget, monsieur Tremaine. Elle est au service de documentation.

— Pas pour longtemps, répondit-il d'un ton allègre. Avec un petit coup de pouce dans la bonne direction, Bridget va devenir notre nouvelle Bon Voyage.

— Adieu, Josh.

D'un pas rapide et sûr, Cynthia passa le seuil et emprunta l'ascenseur sans un regard en arrière. Après s'être arrêtée dans son bureau le temps de prendre son sac et son manteau, elle descendit prestement l'escalier pour sortir de l'immeuble et, une fois dehors, respira la liberté à pleins poumons.

Arrivée chez elle, elle téléphona à Myron Cattleman pour lui annoncer sa démission et le camouflet infligé à Josh.

— Je vous promets que vous ne le regretterez pas, assura celui-ci. Je vais immédiatement appeler Los Angeles pour annoncer notre collaboration. Puis nous définirons nos conditions mutuelles. Pourquoi ne pas venir avec moi à la fin de la semaine ? J'aimerais que vous commenciez le plus tôt possible.

— Mon Dieu ! non. Il me faudra bien huit à dix jours pour régler les affaires en suspens, dit-elle en feuilletant son agenda d'où s'échappa la lettre de Lucas, restée sans réponse.

C'est alors qu'elle se rendit pleinement compte de ce qu'impliquait ce déménagement d'une côte des Etats-Unis à l'autre. Un nouveau mode de vie. A la californienne, c'est-à-dire avec vingt ans d'avance sur le reste de la planète. Et Lucas Gallagher...

— Je pense que je pourrai être là le quinze mai.

— D'accord pour le quinze. Confirmez-moi la date exacte et j'arrangerai les détails. Où voulez-vous descendre pendant que vous vous installerez ?

— A la Villa Rosa, je pense.

— Très bien ; je m'occuperai des réservations.

— Myron, commença-t-elle, si je n'avais pas entendu parler d'autres femmes victimes du sexisme, de l'abus de pouvoir et du droit de cuissage, j'aurais langui au *Times-Herald* jusqu'à ce que Josh soit fatigué de m'importuner. Je ne sais pas comment vous remercier.

— Ne me remerciez pas. Quand j'ai songé à vous recruter, j'ignorais tout de Tremaine, mais quelqu'un d'autre savait... quelqu'un directement intéressé par votre petit problème. C'est lui qui a eu l'idée d'effectuer l'enquête, qui m'a aidé à retrouver les filles qui ont préféré prendre la porte, à leur téléphoner, afin que je puisse vous fournir des faits précis.

Lucas, pensa-t-elle. Qui d'autre ? Il fallait lui répondre ce soir même, lui annoncer sa venue à Los Angeles, le remercier de son aide, lui dire... Soudain, sa joie s'évanouit. Henri, Deana et Lucas... Deana et Lucas. Pourquoi imaginer que son arrivée triomphante sous les cieux californiens aplanirait tous les conflits, apaiserait les tensions ? A La Terrasse aux étoiles rien n'aurait changé... Quelqu'un avait travaillé en sa faveur, avait dit Myron. Pourquoi serait-ce forcément Lucas ?

— Je dois beaucoup à ce bienveillant inconnu ! dit-elle.

— Je le lui dirai, répondit Myron en riant. Il sera heureux de savoir que tout a marché comme prévu.

11

Les déménageurs venaient de terminer leur travail en cette fin de matinée torride.

— Voici l'inventaire, dit à Cynthia le chef d'équipe en essuyant la sueur de son front d'un revers de poignet. Vous signez en bas et je vous donne votre exemplaire. Vous nous indiquerez quand et à quelle adresse nous devrons livrer le tout.

— Dès que j'aurai ma nouvelle adresse, répondit-elle en inspectant l'appartement vide pour s'assurer que rien n'avait été oublié.

— Ouf! Une bonne chose de faite! Nous partons, dit l'homme.

— Voulez-vous boire quelque chose?

— Ma foi, volontiers une petite bière, répondit-il en regardant ses trois coéquipiers.

Elle se dirigea vers la cuisine et se rendit compte, en voyant la porte du réfrigérateur ouverte, que celui-ci était vide.

— Oh! j'avais complètement oublié, s'exclama-t-elle en riant. J'ai donné tout ce qui restait à mes voisins.

— Ça ne fait rien, mademoiselle, nous pouvons...

— Mais non! Attendez, coupa-t-elle en prenant son sac à main. Je boirais bien quelque chose de frais, moi aussi. Il y a une boutique en bas et, de toute façon, je dois y descendre pour acheter quelque chose pour le déjeuner. Reposez-vous un peu ; cela ne prendra que quelques minutes.

Une bouffée d'air frais, de primeurs et l'odeur de poulet rôti l'accueillirent dans le petit magasin qu'elle fréquentait depuis des années.

— Mademoiselle Bainbridge! Comment supportez-vous la chaleur? demanda le gros homme qui s'éventait d'un journal plié. C'est la première vague de la saison.

— Et la dernière pour moi, Bob. Je pars demain ; je suis venue vous dire au revoir.

— J'espérais que ce jour n'arriverait jamais, dit-il, l'air sincèrement attristé. Je vous souhaite bonne chance, où que vous alliez.

— Vous me manquerez, Bob, et vos bons produits aussi.

— Je vais vous préparer le petit assortiment habituel comme cadeau de départ.

— Merci, vous êtes un ange, répondit-elle, touchée. Pendant ce temps je vais chercher quelques bouteilles de bière.

Elle portait un pack de bière fraîche quand une voix bien connue la fit tressaillir :

— Non, pas ce pinot noir, Derek. Nous l'avons essayé une fois à La Terrasse aux étoiles. Henri n'en voulait même pas pour la cuisine.

Cynthia se retourna brusquement et aperçut Deana Charles vêtue d'une mini-robe blanche qui mettait en valeur ses admirables jambes, longues et galbées. Elle était accompagnée d'un homme d'âge moyen aux cheveux rares, qu'elle dépassait d'une bonne tête. Vêtu d'un magnifique costume sport, bardé de bijoux voyants, celui-ci ressemblait à un véritable bouledogue.

— Cynthia ! Vous ! Le monde est vraiment petit, s'exclama Deana, la main tendue.

Après une brève hésitation, la jeune femme la prit dans la sienne.

— Vous conduisez toujours des taxis à l'occasion ? demanda-t-elle froidement. Que faites-vous si loin de La terrasse ?

— Oh ! Vous ne savez pas ? J'ai changé de carrière. Je vous présente Derek Stearns, producteur de films. Nous nous sommes arrêtés à Washington pour y rencontrer des commanditaires. Puis nous filons en Europe où Derek présente un film. Après cela, les caméras et l'action. Désormais, je suis une actrice.

— Cela ne m'étonne pas, vous êtes inégalable dans les drames.

— C'est pourtant vrai, soupira la jeune femme. Derek, voici Cynthia Bainbridge, une vieille connaissance, je dirais même une amie... Mais oui, confirma-t-elle en rougissant sous le regard stupéfait de Cynthia. Je ne vous ai jamais haïe, vous savez.

Ebahie, la journaliste ne put s'empêcher de hocher la tête.

— Je ne m'en serais jamais doutée, se contenta-t-elle de répondre.

— Vous représentiez pour moi un tel sujet d'anxiété !

— Finalement, tout a tourné à votre avantage. Comme vous l'aviez prévu. Je suppose que vous possédez toujours la moitié du restaurant ?

— Eh bien ! naturellement Lucas a été furieux que Derek insiste pour m'avoir dans son film et j'ai dû le supplier de racheter ma part...

— Mais voyons, ma chérie, vous déformez les faits, intervint le grassouillet producteur en la regardant d'un air surpris. Vous m'avez dit au

148

contraire qu'il avait grand hâte de vous voir partir. Voyez-vous, elle avait des problèmes avec son associé, expliqua-t-il. Une vague histoire au sujet d'une autre femme... Qui sait ? De toute façon, ce type, ce Gallagher, adressait à peine la parole à Deana depuis des semaines. Il était déterminé à l'obliger à vendre sa part et a tout fait pour cela, si ce n'est l'enfermer. Une belle femme comme ça, et il n'en voulait pas ! s'exclama-t-il en regardant l'éblouissante blonde d'un air extatique. Incroyable ! Comme on dit, le malheur des uns fait le bonheur des autres. J'ai un œil infaillible, mademoiselle Bainbridge, et vous verrez un jour Deana Charles tenir un oscar dans sa jolie main. Je suis prêt à le parier.

Cynthia comprenait à peine ses paroles tant son cœur cognait dans sa poitrine. Elle entendait l'écho des paroles de Lucas : « Vous avez ramené l'amour, Cynthia... »

— Je veux bien le croire, répondit-elle gentiment. D'après ce que je vois, elle tient déjà le bon bout et, telle que je la connais, quand Deana décide de faire quelque chose, elle va jusqu'au bout.

— Mademoiselle Bainbridge ! appela Bob. Voici votre paquet ; prenez-le en sortant.

Elle venait de comprendre, comme frappée par la foudre, que son intégrité physique et affective était double. Une moitié de cet être se nommait Cynthia, l'autre Lucas. Elle ne s'appartenait qu'à demi. Son cœur n'en avait jamais douté, même quand sa conscience claire lui avait suggéré de se séparer de l'homme qu'elle aimait. Ce même homme qu'il lui tardait tant de retrouver. Elle avait cru nécessaire qu'une cérémonie les unît, mais déjà leur corps et leur âme ne faisaient qu'un.

Elle lança un coup d'œil à Deana. Sa présence ici, séparée irrévocablement de Lucas par sa volonté, était la preuve qu'elle attendait. Que demander de plus ?

Comme si elle lisait dans ses pensées, Deana passa un bras autour de la taille de Derek Stearns et dit calmement :

— Allez le rejoindre, Cynthia ; il vous attend.

Celle-ci se dirigea vers le comptoir et y déposa le carton de bière qu'elle tenait à la main.

— Si cela ne vous ennuie pas, Bob, je prendrai seulement ceci. Finalement, je dînerai ailleurs ce soir. Quelqu'un m'attend.

Elle savait, et son intuition lui assurait qu'engagements éternels et cérémonie officielle ne représentaient qu'obstacles mineurs aux yeux de Lucas. Elle était déjà sa femme. Elle deviendrait très vite Mme Gallagher.

— Je vous avais mal jugée, dit-elle, souriante, en se tournant vers Deana ; vous n'êtes pas celle que je croyais.

— Je suis loin d'être une sainte, répondit celle-ci en lui faisant un signe d'adieu, mais je suis assez intelligente pour disparaître quand je devine que j'aurai le dessous...

Pendant que les déménageurs étanchaient leur soif, Cynthia téléphona à la compagnie aérienne, puis à Myron Cattleman.

— J'ai décidé de prendre l'avion ce soir plutôt que demain, dit-elle. Pourriez-vous en informer la Villa Rosa ?

— Tout de suite, répondit-il, mais je ne pourrai aller vous chercher à l'aéroport car ma femme et moi sommes retenus à dîner. J'enverrai quelqu'un à ma place. A quelle heure atterrit votre avion ?

Après l'avoir renseigné, Cynthia raccrocha et essaya, mais en vain, d'appeler Lucas.

— Nous partons pour de bon, maintenant ! annonça le chef des déménageurs.

— Prenez bien soin de mes affaires, dit-elle en souriant.

— Ne vous en faites pas, mademoiselle. Tout ira bien.

Quand le Jet amorça sa descente vers l'aéroport de Los Angeles, Cynthia se sentit émue à l'idée que, désormais, elle vivrait ici, sur la côte ouest.

Elle ne savait qui devait venir l'accueillir et regardait autour d'elle dans l'espoir de reconnaître quelqu'un, mais en vain. Elle décida donc d'aller récupérer ses bagages et allait saisir l'une de ses valises sur la bande transporteuse quand une main plus rapide que la sienne s'en empara.

— Je regrette, mais cette valise est à moi, cria-t-elle.

Elle se tourna rapidement et se trouva en face d'un homme immense et bien bâti, vêtu d'un jean et d'une chemise d'une blancheur éclatante, les manches roulées aux coudes, qui la fixait de ses yeux pénétrants.

— On m'a dit que vous auriez besoin d'un véhicule pour vous rendre en ville, dit Lucas en la prenant par le bras. Je suis désolé d'avoir un peu de retard, mais l'avion est arrivé plus tôt que prévu. Vous avez autre chose ?

— Oui... enfin non... balbutia-t-elle, n'en croyant pas ses yeux. Le reste sera expédié plus tard. J'ai essayé de vous appeler... Comment saviez-vous que je venais ce soir ?

— Un ami m'a prévenu, répondit-il sans se décontenancer. Myron Cattleman, pour ne rien vous cacher.

— C'est donc vous qui lui avez parlé de Josh ! Je n'en étais pas certaine. Je suis si heureuse que ce soit vous. Je n'ai rien pu tirer de Myron. Muet comme une carpe.

— C'est un homme qui sait garder un secret, murmura-t-il en la prenant dans ses bras. Nous ne voulions pas que vous sachiez que j'étais à l'origine de cette petite enquête. En fait, je ne suis guère

151

intervenu que pour lui apprendre les dessous, si je puis dire, de l'affaire Tremaine. Soyez la bienvenue, Juliette. Cette fois, vous ne repartirez plus.

— Je ne vous quitterai plus jamais, murmura-t-elle, en passant ses bras autour de son cou tandis que leurs lèvres se cherchaient, se trouvaient.

Après une longue étreinte, il la lâcha pour s'emparer des valises qu'il déposa dans le coffre de la MG et la prit à nouveau dans ses bras dès qu'ils furent assis sur le siège. Quand il glissa une main sous son corsage pour retrouver le contact de sa peau, elle poussa un soupir de ravissement.

— Voulez-vous de moi... ici ? demanda-t-elle d'un air taquin.

— Non, souffla-t-il, les dents serrées. J'essaierai de me contrôler jusqu'à ce que nous trouvions un endroit où l'on ne pourra m'arrêter pour exhibitionnisme.

— George Gerson m'attend à la Villa Rosa, indiqua-t-elle comme il mettait la voiture en marche. Myron Cattleman ne vous l'a pas dit ?

Lucas changea de vitesse, s'éclaircit la gorge et, sans la regarder, répondit en souriant :

— Il m'a dit que vous aviez demandé à y descendre jusqu'à ce que vous soyez installée dans un appartement.

Elle ouvrit la vitre et la brise salée de la nuit pénétra dans la voiture.

— Je suis certaine que George sera discret et qu'il regardera de l'autre côté quand vous monterez avec moi.

— Je n'en doute pas, convint-il calmement en prenant la route du nord.

Ils roulèrent en silence un moment. La main sur la jambe de Lucas, Cynthia regardait sereinement autour d'elle et le souvenir de ce même trajet, follement parcouru avec Deana quelques mois plus tôt, lui revint à l'esprit. C'est si différent aujourd'hui, se dit-elle, heureuse.

Il se pencha vers elle et l'embrassa sur la joue en freinant à un feu rouge.

— Maman était au comble de la joie quand elle a su que vous veniez vivre ici, dit-il.

— Enid ! Quand je pense que je n'ai même pas pu lui dire au revoir aussi tendrement que je l'aurais voulu !

— Ne vous en faites pas pour cela ; désormais, vous aurez l'occasion de la rencontrer souvent.

— Comment est La terrasse ?

— Différente. Deana n'est plus avec nous.

— Vraiment ? répondit-elle en feignant la surprise. Vous avez une nouvelle hôtesse ?

— Oui, Kimberly. Elle est deux fois moins jolie et deux fois plus agréable. Je suis l'unique propriétaire à présent, Juliette. Je n'ai plus d'associé.

— Les contrats sont parfois inévitables, fit-elle remarquer en pensant à Josh. Mais il faut aussi savoir les rompre.

Le feu passa au vert et la MG grimpa la colline. Ils approchaient du carrefour de Sunset Boulevard. A droite la route qui conduisait à la Villa Rosa...

— Certaines associations peut-être, convint-il, en tournant à gauche, mais d'autres sont destinées à durer toujours.

— Lucas, dit Cynthia en indiquant la droite. La Villa Rosa n'est-elle pas de ce côté ? Vous vous êtes trompé, insista-t-elle comme il ne répondait pas.

— Oh ! non ! dit-il calmement. Je sais parfaitement où je vais.

— Etes-vous encore en train de me kidnapper ?

— Tout dépend de la façon dont on considère les choses, murmura-t-il en tournant dans une rue tranquille d'un quartier résidentiel et fleuri. Je vous conduis à la maison.

— C'est chez vous ? demanda-t-elle comme la MG remontait une allée carrossable avant que Lucas n'arrête le moteur.

— Chez nous. Notre maison, rectifia-t-il, jusqu'à

ce que nous trouvions quelque chose qui soit à la mesure de notre association.

En dépit de sa maîtrise et de sa gravité, il était profondément ému et tremblait légèrement en se penchant vers elle pour lui caresser la joue.

— Il y a des années de cela, vous m'avez fait une promesse, dit-il doucement. Vous vous en souvenez ?

— Les enfants disent tant de choses !

— Vous avez juré de m'épouser quand nous serions grands. L'avez-vous oublié, Juliette ?

— Si je m'en souviens ! dit-elle en riant tout bas. Vous étiez certain que je ne tiendrais pas ma promesse...

— Et vous m'avez assuré que vous la tiendriez, coupa-t-il en la prenant dans ses bras. Dire que j'ai failli vous perdre deux fois, vous faire vous parjurer, par ma faute !

— Il faut parfois savoir attendre, dit-elle simplement. Que s'est-il passé pour que vous changiez d'avis ?

Lucas prit sa main gauche et en caressa l'annulaire.

— Commencez par dire oui. Rien d'autre ; simplement oui.

— Oui, soupira-t-elle, heureuse, tandis qu'il effleurait de ses lèvres le doigt où bientôt brillerait une alliance. Oui, Lucas...

— Les Français ont un dicton... Ils ont des dictons pour tout et, en général, ils révèlent une part de vérité. « Partir, c'est mourir un peu, c'est mourir pour ceux qu'on aime. » Un peu de moi-même est mort le jour où j'ai quitté Catherine, mais ce n'était rien à côté de notre séparation. Ma femme ne m'avait pas laissé le choix. La quitter, c'était me sauver moi-même et c'est ce que j'ai fait, non sans souffrances. Je m'étais recroquevillé sur ma peine, j'avais verrouillé mes émotions pour être certain de ne plus jamais éprouver ce genre de souffrance. J'ai souffert mille morts à votre départ. Naturellement, j'étais trop aveugle pour voir la vérité. C'est vous et ma mère qui m'avez ouvert les yeux en me faisant comprendre que la seule chose que j'avais sauvée en divorçant d'avec Catherine était mon orgueil de mâle, ma fierté. Les sentiments profonds, ceux dont se nourrit l'amour, je les avais commodément enterrés. Pendant toutes ces années, je m'imaginais libre alors que je n'étais qu'un automate prisonnier. Vous saviez cela, Cynthia, dit-il en prenant son visage dans ses mains, les yeux brillants de larmes, et vous avez été assez forte pour briser les barreaux de ma prison, assez bonne et assez sage pour insister suffisamment, me stimuler, me résister afin de vous aimer comme vous le méritez. Plus que tout, je veux vous épouser, Cynthia. Vous m'avez offert une vie nouvelle, tellement plus riche que l'autre !

Tendrement, il posa ses lèvres sur les siennes comme pour lui faire comprendre la profondeur de son amour et son désir.

— Il y a une chambre nuptiale à l'intérieur. Allons-nous l'inaugurer ?

— Toujours mon bouillant Roméo, dit-elle en riant tandis qu'ils montaient les marches, bras dessus, bras dessous.

Rayonnant, Lucas ouvrit la porte, enleva Cynthia dans ses bras et ils franchirent ainsi le seuil de leur nid d'amour.

— Avec assez de passion au cœur pour plusieurs vies, ma Juliette, répondit-il en la serrant contre lui.

— Promis ?

— Juré ! fit-il en écho, fermant soigneusement la porte derrière eux.

Ce livre de la *Série Désir* vous a plu. Découvrez les autres séries Duo qui vous enchanteront.

Romance, c'est la série tendre, la série du rêve et du merveilleux. C'est l'émotion, les paysages magnifiques, les sentiments troublants.
Romance, c'est un moment de bonheur.

Série Romance : 6 nouveaux titres par mois.

Harmonie vous entraîne dans les tourbillons d'une aventure pleine de péripéties.
Harmonie, ce sont 224 pages de surprises et d'amour, pour faire durer votre plaisir.

Série Harmonie : 4 nouveaux titres par mois.

Amour vous raconte le destin de couples exceptionnels, unis par un amour profond et déchirés par de soudaines tempêtes.
Amour vous-passionnera, *Amour* vous étonnera.

Série Amour : 4 nouveaux titres par mois.

Série Désir : 6 nouveaux titres par mois.

Duo

Série Désir

Série Désir

Ce mois-ci

Duo Série Amour

Duo Série Romance

Duo Série Harmonie

Achevé d'imprimer sur les presses de l'Imprimerie Bussière
à Saint-Amand-Montrond (Cher)
le 15 janvier 1985. ISBN : 2-277-85094-2. ISSN : 0760-3606
N° 2643. Dépôt légal : janvier 1985. Imprimé en France

Collections Duo
27, rue Cassette   75006 Paris
diffusion France et étranger : Flammarion